绿了芭蕉
红了花

敢于胡乱 著

CNS 湖南科学技术出版社

自序　云南遇

触摸千奇百怪的云南食材，捷径就是各地菜市场、乡街子。

云南大地各种各样的食材在菜市场表达得更充分也浓烈，逛云南菜市场，特别是横断山区的菜市场，提前要有个心理准备：常规饮食常识，可用无多；通行饮食趣味和审美，会被碾压和颠覆。

一些视角独到的人类学者认为，历史资料中山地民族游耕、渔猎采集、异食异味等记载，正是前人以平原国家标准化饮食为参照，所设计出的无标准无体系的对应饮食文化——无主粮、食材选择极其广泛、生食、竹木炊具食具、过度发酵食物、草木灰代盐、特殊饮俗……游耕和混合生计模式的山民，由此建立和维护群体认同，并在餐桌上树立起难以逾越的边界。

生态多样复杂，动植物资源丰富，食材选择范围的确宽泛；异食异味现象，现在虽然轮廓模糊逐渐淡化，却也还有迹可寻。特别是横断山区部分，当地谚语云："绿色的都是菜，会动的都是肉。"支持这种说法的，还有实在数据：云南食用花卉不完全统计有303种、常见野菜150多种；西双版纳基诺山的基诺族，采集野菜多达108种，经常食用的有40种；德宏州的景颇族，采集野菜种类有92种；即便非山地民族，采集种类也相当可观，红河河谷中北段的稻作民族花腰傣，野菜采集种类，也达72种以上。

除当地熟手和专业人员以外，一般人想要辨识这些当地食材，障碍诸多、难度较大——百濮、百越、氐羌、三苗……各民族大散居、小聚居，插花式分布于地形复杂、气候多样的云南，六大语族相互穿插交织，再加上各民族普遍存在的区域方言，语言就成了大问题，当地人即便会说汉语，但一口方言，也很容易陷入鸡同鸭讲的境地。更何况还有十多个民族跨境而居，散布在东南亚、南亚各国，饮食背景更加扑朔迷离。

横断山最初的意思，就是江山相隔，交通交流极度不便，植物同物异名、异物同名现象，绝非个别，随时可遇。比如保山、临沧一带称为马路菜的野菜，到了楚雄，这种中文名西垂茉莉的野菜，却叫臭菜，与西双版纳俗称臭菜的羽叶金合欢嫩叶尖，又算异物同名。要知道，云南山区交通条件大幅改善，不过是近20年间发生的事情，当前高速公路七八小时可以到达的德宏芒市、西双版纳景洪，20世纪90年代中期，路上所费时间，起码3天以上。

非标准无体系的山地饮食文化、跨境而居的少数民族、采集广泛、缺乏参照、语言障碍、同物异名、异物同名……这些向度不同、深浅不一的因素，交织纠缠，云南的菜市场，足以让一个偶然闯入者，在打开一个新世界、灵光闪现前，出现无助感。不过坚持不懈地追寻，另一种直觉一定油然而生：这可能是世界上陆生食材最富集的所在。

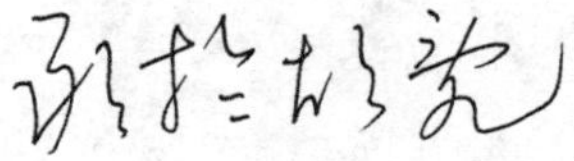

2018年7月，于云南昆明

目　录

有关菌子

太熟悉的东西，有时候反而还不太好说。

称呼菌类，不管野生的还是人工培植的，云南口语中，通常只有一个字眼，那就是“菌”，昆明话发音“介”，音尾较长还捎带拐弯：野生菌直接叫作“菌”,“菌”前面冠以品种，比如“干巴菌”；人工培植的，统称“人工菌”，并很少论及品种。如果感到“菌”字发音不畅，那么会在“菌”后面加上个“子”，叫作“菌子”，书写的时候，一般也照此办理。但凡说到“菌”或者“菌子”，言下之意，就是指“食用野生菌”。对于有毒不能吃的野生菌，“菌”前加个“毒”字，通称“毒菌”。这些年“人工菌”渐渐多起来，作为区分和对应，又嫌“食用野生菌”冗长麻烦，口语和书写中，“野生菌”一词出现较多。至于“蘑菇”或者“菇”，属于“外来”词汇，如非万不得已，不会使用。

和我相仿，不少云南人，仅仅把野生菌看作一种寻常时

2.
1.
3.
4. 5.

1. 富民黄鸡纵
2. 野生香菇
3. 大果黄鸡纵
4. 石屏黄鸡纵
5. 黑鸡纵

6.
7. 8. 9.

6. 未采摘的白牛肝
7. 白牛肝
8. 刚采摘的黄赖头
9. 黄癞头（黄牛肝）

令菜，并不认为那是多了不起的“山珍”，只有在需要向朋友推荐云南菜的时候，才会突然想起来，野生菌是个不错的选择，值得花些心思一说。当然一旦到了推荐的层面，至少属于准正式“对外宣传”，“地方主义”思潮必然抬头，口风一变，煞有介事极尽溢美，但凡遇到不屑或者不敬，翻脸的意思都有。

这得益于野生菌的早期教育。至少早在幼儿时期，很多云南人，已经开始在餐桌上接触野生菌。一些好味道、高营养、高安全级别的野生菌比如鸡㙡等，早早就进入儿童食谱，如果没有菌肉，汤总会有一口。即便有一定风险的见手青，在孩子反复央求的情况下，大人也会大着胆子容许耐不住香味诱惑的孩子，分享少许。每年六月到十一月，将近半年时间的一个菌季下来，这种早期教育的成果，已经相当稳固。

为数不多的坝子以外，云南绝大部分区域属于山区。山区的野生菌早期教育，往往不会只局限于餐桌，扩大到清理、分拣、清洗，最直观深入的学习，就是上山去捡菌。以我为例，学习捡菌的年龄，在五六岁；所谓老师，不过是比我大不了几岁的“大娃娃”。三两次下来，有些实物收获以外，常见的几种食用野生菌，也略微可以辨识。还有一点，对于菌子的多发地点也就是菌山、菌窝子，会有一个大概的认识。

好啦，说到这里，“菌”和“菌子”都已经单独出现，耐心看到这里的，想必多少也进入了“情况”，接下来的叙述，就不在“野生菌”了，干脆成“菌”或者“菌子”，意思都是指“食用野生菌”。

把吃菌、捡菌获得的经验和见识，上升到知识层面，于我来说，已经是多年后的事情。如果缺乏吃菌、捡菌这类“药引子”，后面的事情，断不会去留心深究。严肃科学些说，菌子属于大型真菌，冒出地面的所谓“菌子”，其实只是地下菌丝网络的“子实体”，甚至可以看作育儿袋。冒出地面的目的只有一个，“子实体”成熟后，制造散发出微小轻灵可以随风飞扬的“孢子”，像蒲公英那样，把势力范围扩大到更远的地方去。地下的菌丝网络，常年隐忍存活于地下，等待条件时机合适的时候，再度制造“子实体”，所以，往往每年菌季，菌子都会在同一地点出现，成为捡菌人眼中的菌窝子。看来“朝菌不知晦朔”那种话，说得不算准确，只见树木不见森林，没有透过现象看本质。

菌子不能自己制造合成养分，只能靠寄生和腐生吸收，可以算作“吃货”。有的很“残忍”，“吃”的动物还是活的，比如虫草。大多数菌子素食，“吃”植物，比如松茸，还死活通吃，既从松树的根系周边获得“食物”，又从松树的腐枝烂叶中吸取“营养”。有的专吃枯木，比如木耳、金耳、白参。跨界的当然有，比如鸡纵，这种菌子的某几个品种，和白蚁一种亚种的关系密切，通常出现在地下白蚁窝上。至于具体吃什么、怎么吃，埋藏得太深，对我来说还是未知领域。捡菌挖鸡纵的，可以“刨根”但不会去“问底”，往往会留有余地，以便来年还有收获。我听说因为头年的窝子来年捡不到鸡纵，恼羞成怒的捡菌人，迁怒于地下的蚁窝，刨出来吊起用植物枝条抽打泄愤。另类分子，自然也会出现，像石耳，离开朽木，危生高崖，卓尔不群，俨然高人隐士。不过深究一下，就会发现那些高崖多半是砂岩，高崖上面植被茂密，养分通过雨水经由岩缝渗透过来，“高人隐士”只是比寻常木耳多一点洁癖和孤僻。

参考菌子对“食物”的不同选择，可以作为找到菌子的有效路径。大体来说，大多数菌子的生存空间，诸如青头菌、牛肝菌、干巴菌、鸡油菌、谷熟菌、灰菌等，一般在松树林、栗树林以及松栗混交林中，与这些树木根系有外生菌根关系，一般并不出在山大林密险要处，疏可跑马、稍微晒得到些太阳、有树阴遮挡、地面有杂草有苔藓有落叶松针的山坡林地，最有可能成为菌窝子。松茸特别些，一般生在深山松林或针阔混交林地面，通常要几十年上百年树林中，才有可能出现，一样与松树外生菌根有关系。鸡㙡一般生在平缓开阔处，苞谷（玉米）地边都会出现。早年昆明有个传说，说某人坐火车进昆明站前，晃眼见路边似乎有朵鸡㙡，下车后顺铁路一路找回去，居然找到一窝几公斤。这事情汪曾祺说过，我也深信不疑，二十多年前，昆明小城一座，出火车站不远，就有野地、苞谷地等鸡㙡多发地。

除地点以外，还有时令。一个菌季当中，通常牛肝菌中的见手青最早出现，接下来是青头菌。等九月份鸡㙡、鸡油菌、谷熟菌、灰菌旺生，见手青已经落潮。羊肚菌多半出在滇西北，一月份就有，稍后还有高山大白菌。

地点时间初步确定下来，就要讲技术，还要讲靠经验积累出来的直觉。有年在昆明、楚雄、玉溪三地交界的禄脿南山上，我们上山捡菌的一伙席草地围坐，正为先前收获的青头菌和见手青心醉的时候，从远处走来个斜挎背篓的老奶奶，就从离我屁股底下不到半米的草丛中，撬出一朵说大不大说小不小的干巴菌，搞得整个小山头一下就鸦雀无声。看来捡名贵菌子，还真是专业人员的事业，人家捡菌还靠鼻子，靠感觉，不单用眼睛。最主要的，恐怕还有对林地的熟悉程度，比如我上下哈巴雪山多次，发现能够找到金耳的，一般都是当地向导。

八月，陪几个外地大厨去滇西菌山采松茸，无奈遇上大雨天，车进不了深山。返回昆明途中，我突然想起老窝子禄脿菌山，带大家先在山下餐馆吃了顿“下山菌”后，上山转了约1小时，就收获了不少青头菌、鸡油菌和喇叭菌。要紧的是，让大厨们第一次亲手从地上捡起了菌子。捡菌此事，青头菌算入门级的菌子，几乎到处都有。入门级的青头菌，有个天大的好处——无毒可靠，胆子大的，生吃都敢。记得当年捡菌，个别愣头青，遇上朵可爱些的青头菌，蘸点盐巴就直接吃下去，看得人心服口服——此菌有作为“刺身”的潜质。

昆明附近，就近可以捡菌的地方，传统地点要算金殿后山。金殿后山的菌子，品种不算多，一般就是青头菌和昆明一带高度发烧的见手青，偶尔还会发现几朵黄癞头（也是一种牛肝菌）。即便这两年，金殿后山还是有不少菌子，不过一般客串去捡菌的，地头不熟收获太少，三两朵而已，丢舍不得，拿回去又用处不大，只能摸出手机、相机按上两张，留下图片及真相，然后捧着拎着收藏着，等遇上捡菌的村民，做个顺手人情。这两年，要在昆明附近捡菌，无外有两条路线可以走：要么郊外随兴找个山头去过个瘾，要么跑到私人承包的菌山试试手气。随便找个地方，风是风吹雨是雨淋太阳是太阳晒不说，收成还难以保障；跑菌山一般不会空手，但路途遥远，油钱、过路费加上菌钱，花费不会太小。

但捡菌显然只是个借口，接触大自然呼吸清新空气，才是正事一桩。最大的正事，莫过于附近找个擅长做菌子的馆子，去吃顿下山菌。俗话说朝菌午吃味道最鲜，刚下山不久的菌子，俗称下山菌，是新鲜的代名词。下山菌接地气带露水含松风蕴灵秀，滋味已经难以形容，其中再有些自己的成果，高涨的情绪和膨胀的胃口，恐怕无法控制。

到了菌山，即便捡不到菌子或者收获太少，还可以买菌子。挑选菌子，以菌伞含苞待放为好。比如鸡㙡，如果不是要用植物油炸制鸡㙡油，而是准备鲜吃，最好不要挑选大肆开放的，尽量要挑选长相肥硕看样标致的菌骨朵。

如果要自己动手烹饪菌子，那就要预先清理和清洗。例如牛肝菌，菌柄底部深入泥土，与泥沙杂质结合密切，如果不预先使用小刀竹片一类工具细心清理，单靠清洗很难彻底洗干净；菌伞的坏烂部分，也需要如此清理。大部分菌子，都需要先清理一下，方法可以简单归纳成四个字——削蒂剔伞。菌子里面，数干巴菌最难清理，那简直是件费工耗时的精细外科手术，要顺菌丝把菌体解构成细长的菌丁，以

10. 13.

11. 14.

12.

10. 松露（块菌）
11. 北风菌
12. 老人头
13. 野生羊肚菌春菌
14. 干巴菌

15.

16.

17. 18.

15. 从左到右：红见手、黄见手、谷熟菌
16. 未采摘的青头菌
17. 青头菌（变色红菇）
18. 黄见手

便烹饪，顺便剔除其中的杂质。

菌子最好用流水清洗，以免菌体吸入过多的水分，同时能够最大限度地冲去泥沙渣滓。为节约用水计，也可以采用水盆蘸洗，但尽量不要浸泡菌体。使用合适的工具，顺纹理轻轻刷洗，用一把比较柔软的牙刷，就很方便顺手。早些年清洗菌子，牙刷都嫌奢侈，用揉成团的南瓜叶或者丝瓜瓤刷洗。鸡枞生在黏土中，根部还特别发达，上面附着的泥土，需要预先用清水浸泡半小时左右，才方便刷洗。特例也有，比如俗称苦栗包的苦栗菌，就不能用冷水洗，只能用刀具清理并分解，直接炒或者滚水煮汤，这样下来，口感微苦还有回甜，否则味道会过苦——我怀疑其中的含苦味的物质，遇到冷水，就会分解扩散开来。

还是要把干巴菌单独提出来说说，清洗干巴菌完全是个悖论，洗得太彻底有损滋味，而深度嵌入的泥沙松毛洗不彻底，又会殃及口感。到底还是有解决之道，可以用面粉为助洗剂，以裹带杂质脱离出来。干巴菌如果特别新鲜幼嫩，杂质又极少，清理后不必清洗，可以直接下锅炒，只是那样的菌子，可遇而不可求。

洗好菌子，最好晾干水分，再行分解。以鸡枞为例，分解完全不使用刀具，全靠手工撕小。青头菌也是这样，最好手工分解，以便炒煮的时候，断面不规则、接触面大而方便出味入味。小巧如鸡油菌，根本无须分解，以整菌烹饪为妙。牛肝菌中的见手青，堪称菌子中的魔术师，菌体一旦受力，会迅速变色。这种菌子中含有麻痹神经的物质，要切得薄而均匀，以便深度炒熟使其挥发消失。见手青起码有粉、黄、红、紫、黑五类十几二十种，算作有毒的美味，烹调技术要求较高，一旦炒不透彻，或者炒到黏锅，体质文弱的，吃下去说不定就会中毒，视神经出现幻觉，像白雪公主和格列佛那样，看见小矮人，用昆明话来说，算“吃着菌啦”。“吃着菌啦”此话，标准云南俚语一句，除字面上的意思以外，还另有隐喻，具体内容，可以参考另外一句全中国通用的俗话——“吃错药了”，通常用来形容非常行为或状态。谨慎一些，可以预先隔水蒸熟，沥干水分后再炒。

云南传统的烹饪菌子的方法，主要就是炒，菌子靠炒。要吃菌子，以炒为主，以煮为辅，即便是煮，煮前略炒。走的是单纯本味路线，配料往往只有一点青辣椒和一点蒜片，辅料就是油和盐。还很少拿菌子当配料用。一般来说，大蒜和菌子是死党，我估计除提味以外，还和民间认为大蒜可以祛毒验毒有关。干巴菌又是个特例，炒干巴菌不放大蒜，只配一点青椒丝，用中火慢慢炒香。炒干巴菌的时候，香味特别浓烈，一家炒菌，整栋楼都可以闻到香味，不倾城起码倾楼。此外，干巴菌炒饭，早年云南非常普及，一般的小餐馆，都可以炮制出一盘色香味俱全的。有条件的情况下，炒鸡纵可以放点火腿丝进去，褪去土腥提升鲜甜。菌子一般单炒，混搭少见。特别新鲜的菌子，混搭上少量的其他菌子，诸如牛肝菌中间有一两朵青头菌，也未尝不可，往往滋味还很特别。

有的地方，还有吃杂菌的习惯，即几种菌子混炒，但风险系数不低，高手才敢做敢吃。我认识一家老昆明，每年都要到棋盘山脚某处捡些杂菌，毒菌也在其中，好好丑丑统统都拎回来，统统切片下锅同炒。吃饭就只有这一个菜，一家老小统统大肆以菌片拌饭吃，不亦乐乎。也不是人家胆子大，这家人说，他们家族早在清末民初，就如此吃菌，但只吃那一片林子里的杂菌——简直就是传承有序的私家菌园。

除炒以外，烩和煮也很常见，像青头菌，多数时候，要烩到汤汁浓郁，以便下饭。在青头菌帽中，填入肉馅隔水蒸，也算家常菜，叫作“酿”青头菌，要点是把剔下的菌柄与肉同剁为馅。有种方法非常野逸有趣：取青头菌骨朵，菌柄在上菌帽朝下，小火炭烤，边烤边撒上些盐，菌柄里的水分会慢慢溢出，积攒在菌帽中。吃的时候，执菌柄提起菌体，小心吹冷，饮菌帽中汤汁，一口喝下去，最后再吃掉菌肉。云南乡下，凉拌菌子比较常见：炭火先烤熟鸡㙡或者青头菌骨朵，然后撕小，用辣椒、蒜泥、盐巴凉拌。菌子骨朵的肌理很细致，表面一经炭烤受热，立刻收缩，这样一来，菌体内部的水分就被锁住，很难逸出，自然菌子外香里嫩，非常爽口。俗称“马皮泡”的硬壳马勃，大小形状很像洋芋（土豆），乡村做派，干脆整菌扔进火塘中，像烤洋芋那样，用火灰慢慢焐熟，蘸盐来吃，效果不俗。

牛肝菌骨朵包括见手青，切成大块黄焖出来，属于另类重口味，吃来层次分明：最先感受到菌子表面十足的弹性，接下去很爽脆，中间部分又有点沙和面。最圆滑滋润的部分，用舌头就可以感觉出来，那一定是菌帽。其实让人最感慨的事情，就是终于可以大块大块大口大口地吃见手青了，大快朵颐，不过如此。至于浓郁的菌汤，最适合泡一碗饭吃，小碗还不理想，要换中碗甚至大碗，那样才有豪迈感。立秋以后，基本是谷熟菌的天下，也一样重口味：昆明北部富民山区，彝族大师傅把谷熟菌大量倒入羊肉汤锅中煮上几分钟，浓郁厚味的汤汁，携带胶质盐分油水等，便悉数灌入质地疏松的菌体当中，荤素混淆，肉菌难辨。黑牛肝价位不高，操作得当，一样浓郁好滋味：菌块与鲜花椒粒同煮，菌肉与花椒会摩擦出强烈的荤鲜味。玉溪峨山小街一带，流行舂菌：菌子先烤熟，然后配上香椿籽、花椒、辣椒等作料，进臼舂成菌泥，并且成套路成系列出现，比较稀奇，少数民族风味感觉强烈。

鸡枞的烹调适应程度最高，好像任何一种方法，都能够适应。还有一点，油制、干制以后不失风味。据说早在民国年间，开在省外大城市的云南餐馆，头牌菜跑不了就是鸡枞，并且常年供应。羊肚菌、虎掌菌省外呼声很高，和可以干制也大有关系，否则成不了“贡品”。特别要说一下油鸡枞，简直就是面条伴侣——只要一筷子油鸡枞进去，一碗普通面条，立刻升格成特香山珍面。鸡枞云南各地都有出产，量都不小，常见品种有黑、青、黄、白、蚁堆（也叫火把）、草、花之分，还有产地差异，但均看样灵秀、味道鲜美，不同意见很少。从云南全省范围内以及历史上去看，鸡枞应该是人们最喜欢的菌子。云南厨师界，普遍认为富民赤鹫鸡枞为好：个头超大，特别鲜甜脆嫩。

滇中一带特别是昆明，最推崇干巴菌，昆明市面上价格最高的菌子，多年下来，冠军都是干巴菌。干巴菌出省不行，好像没有什么名气，可能与命名有关：说它直截了当呢，人们不知道干巴为何物；说它表达委婉呢，人们还是不知道干巴为何物。云南野生食用菌命名规律，多半和干巴菌一个套路，普遍缺乏美感和空灵，很难有进一步施展想象的空间。不久前我和外省朋友谈论起一种最通俗的菌子——连云南人民都不好意思拿出来卖的扫把菌，结果图片一放出来，居然好评一片，说简直就像山野中的珊瑚、高原上的精灵，还说味道肯定不错坏不到哪里。接着另一个问题也来了，我说这就叫珊瑚菌，一开始还没有人相信，非要百度谷歌一通才可以。语境不一样，事情真是不好办。还有一点，近年出干巴菌的山头，基本被人承包，普遍要等菌体长到不能不采的时候才会采集，以期可以多一些收入，但菌体已经老去，风味有损。受过干巴菌早期教育的，凭着记忆修补着去吃，感觉可能还不坏。缺乏味觉基础的，只怕就不会那么客气了。干巴菌有黑黄两种，上好的干巴菌，主要出自滇中，滇南所产通常味道不行，价格也不行，只能拿去做干巴菌韭菜花。

在我尾随“菌前辈”开始上山学着捡菌那些年，滇中一带，松茸还只是一种杂菌，连个稍微正式些的名称都还没有，只能山寨鸡㙡的名号，叫作“臭鸡㙡”，很少有人会去吃。后来事情的变化，想必很多人都已经知道：终于松茸一步登天，摇身变成高级食材，从一双粗糙的手到一双温柔的手，它从容地递上自己，坐汽车搭飞机，千万里千万里地去旅行。连当年一起捡菌的“带头大哥”都受到感染，情不自禁托人带些来调羹炖汤，大呼味道真好并且大补，全然不记得当年的不屑。目前云南比较流行的松茸“刺身”吃法，疑似来自日本。

欧洲人看好的地下块菌松露，在云南却有个很粗野的名字——猪拱菌，吃法也极其粗放山寨——泡酒或者大块炖鸡，完全不像欧洲人那样，撒味精似地小心翼翼地撒上一点松露碎末做做样子。早先松露情况要好一些，如果有人有“滋阴壮阳”的需求，可能会刨地三寸，翻些去泡酒，至少算样药材。恰好遇上杀鸡做食，难说还可以作为作料，终于混出点食物模样。名字虽然很不堪，好歹算有一个。消息杂乱而隐晦，传说此菌发出的某些气息，接近于母猪的体味，公猪不知道想英雄救美，还是纯粹找点恶趣味食物，或者也需要些补药，总之会拱地几寸，将它找出来吃下去。这种事情，当然可以进化得有趣而浪漫：猪还是嘴尖毛长脏兮兮的黑毛猪，场景却要换作法国南部普罗旺斯地区，或者意大利北部山区，人物也要置换，变成想象中传说中健朗风趣的南欧菌农。松露在云南黑白两种都有，黑松露主要产自滇中滇西，怒江贡山的最好，可惜路况不好运输不便；白松露主要出自滇东。松露前几年价格不行，不过几十块一公斤，今年行情看涨，涨幅还不小。

最后，发布一个我最新学来并且实验过的牛肝菌保鲜法：牛肝菌切厚片上笼屉蒸 15 分钟熟透，冷却后用保鲜袋分装冷冻。三个月下来，菌子的鲜香，感觉起码保留了七八成以上；弹性和滑润感，也基本都在。见手青收官阶段，如法打理上几公斤，春节期间吃上“鲜”菌问题不大。

松茸的云南语境

翻开松茸食用史，上下几千年，纵横几万里，深感对此物的认知，至少可以划分为两个不大对称的世界：云南人的松茸、云南以外其他人的松茸。其实云南所出松茸类，不止一种，有松茸、假松茸、青冈蕈、粗壮口蘑几种。

穿越回到 20 世纪 70 年代，在我尾随“菌前辈”开始上山学着捡菌那些年，滇中一带，松茸还只是一种杂菌，连个稍微正式些的名称都还没有，只能山寨鸡㙡的名号，等而下之为“臭鸡㙡”。不要说被我所能够接触到的人所不齿，该菌可以获得的最高待遇，只可能是偶尔会被某根棍子幸运地扒开满头松毛，一见天日。更幸运些的，可能还会继续挨上一棍子或者一脚，短程旅行一下，避免生于斯长于斯死于斯、一生不得挪窝的悲惨命运。消息闭塞联络全无，至于当时该菌在云南其他地方的待遇，无从知道，但有一点，一个普遍求油水似饥若渴的年代，一个一根针就可以从牧民手中置换一棵虫草的年代，想来，地位也不会太高。

怪就怪松茸那股独特的气息。云南漫山松涛的地方，多不胜数，山里人燃松明引火照明，自然对类似的气味，不甚感冒，有人甚至深以为恶。当年对气味态度，我依然记得，但有汽油味道远处翩然飘来，必大感芬芳无比，一定深呼吸。

后来事情的变化，想必很多人都已经知道：松茸慢慢地一步登天，摇身成为高级食材，野生菌新贵。

这其中有个节点问题——交通，在机场航班势力范围以外的地方，山那边还有海，松茸没有蝴蝶的翅膀，无法逾越；吃松茸的外来风习，也无从拓展。所以早有机场的昆明、保山一带及通行关联所在，松茸出得去，吃风进得来。当然，以云南植物资源的丰富，各地人民或多或少保留着一点采集的风习，具备凡可吃之物皆吃的襟怀做派，面对松茸，不是完全不吃，而是不太得法，偶尔随便吃吃。即便随便吃吃，以投上几朵入鸡汤肉汤随便煮煮为主。或有牧童放牛羊，避雨于林间树下火堆边，投几枚松茸骨朵烧烤充饥，可惜缺乏山葵酱油配合激荡，无法获得上味。

记得 20 世纪 90 年代后期某年春节期间，有回坐了几天汽车跑迪庆中甸玩，问题出来啦，客栈家要过藏历年请春

香格里拉尼西乡

客，我们一行即将陷入无居无食境地。最后还是老板的母亲宽宏，待见我们为客，各种饭食酒菜间，还有松茸炖鸡一土锅招呼。那是我头回规模建制地吃松茸，彼时天寒，该地高海拔，身体内需旺盛，加上酥油茶青稞酒气息呼应，那一锅松茸鸡汤，吃出一头密汗，两腋生风，感觉良好。

1999 年 4 月 30 日，与我的生日同天，中甸机场即后来的香格里拉机场正式通航，此后云南人民的松茸食用史，翻开了新的一页，当地海拔 3500 米以上所产上乘松茸大量出山，少量留下自吃，产业慢慢起来了。居然还有东洋客商上山，强调采集尺度，发放单个菌体包装物。有回在松茸企业作陪，老板对员工下令：先切 1 公斤上来！1 公斤上桌的时候，我见那位东洋客商，竟然骇然色变。

既然松茸属于值钱货，云南人民不会坐视不吃，但吃风毕竟有限，有客自远方来，可以拿来大方招待，如果自己人吃，还是滇中干巴菌、见手青、其他地方鸡纵上位。接触机会一多，接收外来饮食风气，吃法也丰富起来，从单一的炖汤葱蒜辣子炒，进展到刺身、炭烤、隔水蒸种种，还略有些变通，比如隔水蒸，效仿云南传家菜酿青头菌，菌帽中塞入肉泥菌柄泥混合。云南地产火腿，也作为祛土腥提鲜料泛用。记得名厨梁子庚云南行，楚雄南华市场一见松茸，就热烈呼吁要晚间切厚片炭烤，佐单一麦芽。

大约 2011 年，《舌尖上的中国》摄制组准备来云南，任、张两导演分别打电话给我，咨询云南食事。野生菌一项，我推举四样——松茸、松露、鸡坳、干巴菌，建议香格里拉的松茸。《舌尖》一播出，松茸大火，主要外销而内外并重，价格也相对稳定，不若外销年代起落大。此风既来，云南岂会安然无动，自然也以吃松茸为时尚。不过话说回来，我对松茸的态度，还是老样子，松茸、松露、鸡坳、干巴菌当前，舍松茸、松露而取干巴菌，其次鸡坳，松露最后。嗯，松茸的气息，目前嗅来，已然芬芳。顺便说一下，松茸的情侣料山葵，云南目前多地有种植。

云南人民对松茸的认知，终究会与其他人民保持一致：与自然渐行渐远，抬头难见星空，低头把玩手机，衣来拍照，饭来先秀，遇见松茸，肯定要秀。

了不起的见手青

滇中昆明、玉溪、楚雄一带，菌季开场标志性物质，见手青无疑。见手青不出场，不真正吃进嘴里，其他同期出现的菌子吃得再多，也不好意思对外宣称“吃着菌啦”！

“吃着菌啦”，常用昆明口语一句，陈述句字面意思以外，一旦口风有变，转变成疑问句反问句，立刻凶神恶煞起来，程度相当于全国通用“吃错药了”，经常用来向一切得意忘形冥顽不灵语言行为实施口头打击，情绪情感内容丰富，愤怒讽刺怜爱成分，都可能含有。其中的“菌”所特指的菌子，就是见手青，对这种菌子的复杂情绪，由此也可见一斑。

见手青其实是牛肝菌家族中的一个大类，至少有粉、黄、红、紫、黑五种外观色彩选项，每个选项又下辖数种菌子，具体品种起码十几二十个以上：粉见手——粉盖牛肝菌、粉被牛肝菌；黄见手——黄褐牛肝菌、华丽牛肝

黄焖见手青

菌、黄柄牛肝菌；红见手——血红牛肝菌、火红牛肝菌、红脚牛肝菌、砖红绒盖牛肝菌；紫见手——紫牛肝菌、榄紫牛肝菌等；黑见手——茶褐牛肝菌、褐盖牛肝菌等。

但其中主流，排名不分先后，就是菌区俗称“白葱”的黄见手和俗称“红葱”的红见手，粉见手位居其三，其余并不常见，算涓涓细流。嗯，似乎有些复杂，大多数人傻傻地分不清，即便菌农，通常也大而化之，以一个“葱菌”去概括。至于葱菌来历的底细，无非菌柄纹路和质感，与云南弯葱有几分神似。

但市场上的见手青，辨认起来并不困难，菌体一旦被触摸，1 分钟内受压接触面分泌的汁水液体，就会氧化为青紫色，以致整装待售的见手青，有那么一点青面獠牙的迹象——采集运输分销过程中，已经几度见手。不必担心，这些颜色，包括清洗分解过程中出现的色变，一旦烹炒受热，立刻就会消失——从这个反复变化过程中，似乎可以感觉出一点亦正亦邪的意味。

说见手青亦正亦邪，正方观点明确：香气高扬，口感丰富，可细腻脆嫩、可浓郁顺滑、可形质香脆，单吃下饭都令人沉醉，吧啦吧啦，好吃到没有朋友、香到想哭一类情绪宣泄，也掺杂其中。反方出于谨慎，在分辨烹饪方面忧心忡忡提出警告，本质上与正方并无不调甚至同伙，但缺乏可行的终极解决方案。至于“云南毒蘑菇”一类声音，发出者可能连见手青实物也未必见过，纯属起哄凑热闹。

谨慎很有必要。每年吃见手青中招的消息，每有新闻披露，各地还有几例到几十例不等的统计数字，其中并不包括以红糖猪油为药的自行疗毒者。其实吃见手青中毒的，总结下来无非几点：烹饪不当，熟化不够、不均或过度；菌种过杂，熟化不均；不注意受众个体差异，耐受力不一。

相比千万级的消费人口，中毒比例不会高于中大奖概率，警示作用相当有限。坊间消息，每个昆明人都有一个吃菌中过毒的朋友，我看可疑，每个人都有一个吃菌中过毒的朋友的朋友，相对准确些。希望幻见小人满眼飞翔的，不是没有而是不少，但仅仅停留于口头反叛，同时往往不清楚见手青的毒素复合，不仅致幻，还会引发肠胃反应，这就需要小心肝了。

老一辈的谨慎，值得推崇：不吃头水菌以外，还有菌子“嘈”容易引起人体虚弱的说法，需要油水克制，也最好不要连着顿吃。油水克制说落实到烹炒层面，早年对经济落后的山区来说，多少有些为难，以致吃见手青的风习，城镇坝子昌盛，乡村山野微弱。即便现在，云南出见手青而不吃的地方，也不是个小数目。去年夏天，我到哀牢山以南活动，见漫山都是红见手，招呼路过的捡菌小哥收拾，小哥回答他们不吃也没有人收买。

经济交通日渐改善、保鲜物流手段提升的结果，一个向度是吃风翻山越岭逐渐扩散，另一个向度是主消费区吃令有变菌季波动：滇中见手青五月底六月初始发，这几年哀牢山以南普洱产见手青，四月份就已经小批量在昆明面市；按说八月见手青已经落潮，高海拔高纬度地带还有。

变化的还有烹饪。靠技巧直接油锅硬炒，慢慢向二次烹饪转变，或过油或飞水再烹炒，渐成主流，汤煨黄焖的温度时间初步达成安全下限共识，近年还有先蒸熟、微波炉熟成再烹饪法出现，向量化准确方便易掌握方向靠拢。采用合理方法，控制住烹饪温度和时间，或许就是终极解决方案，见手青系，可能由此褪下污名，开花孢子四散。有毒食材，世上多了。

菌子的两种重口味

排除生僻地方的生僻菌子，比如滇西高山地带的羊肚菌、大白菌，昆明市场上最早上来的大路野生菌，急先锋要算见手青，稍后才有青头菌。牛肝菌家族中，见手青比较另类，其中原因，云南几乎人人都知道——有毒但美味。见手青的主流有两种：红见手和黄见手，菌区俗称红葱和白葱。不管是红见手还是黄见手，主流吃法，都是切片干椒或者青椒炒，其他吃法并不多见，但有就属于另类。

早在跑昆畹公路的年代，逮着机会，我就会去禄脿一家乡镇老馆子吃饭，主要是奔着黄焖鳝鱼去的：首先材料有保障，肯定是野生田鳝鱼，吃得出一股脆劲，鳝鱼片毫不绵软乏力；其次是技术成熟，动作麻利，从剔骨到炒焖好，1公斤鳝鱼，不过20分钟左右；最后连鳝鱼骨头也不会放弃，一定会炸到酥脆，端给吃客下酒。

当然还有其他理由，比如价钱比较公道。高速公路通车以后，那里又是个距高速不远、离菌山很近的所在，经常可以吃到新鲜下山菌。那家老店近些年推出一道黄焖牛肝菌，饱受在野派吃客的推崇，名声甚至有点盖过黄焖鳝鱼的意思。

黄焖牛肝菌的主料，我观察了几次，都是红见手。其他辅料，主要就是老酱和大蒜，略有些干辣椒和花椒粒。方法也是先炒后焖，焖的时间似乎比焖鳝鱼要稍长一些，二十分钟左右。见手青以小骨朵为主，稍微大些的，一分为二，并不切得太小。

野生鳝鱼和牛肝菌都是时令货，不可能随时都有。滇中一带，野生鳝鱼出现的季节，和稻谷几乎同步，育秧开始，收割结束，立秋以后，已经非常稀少，要吃一般只能等到来年开春。牛肝菌也一样，时间大约也是栽秧开始，立秋以后差强人意，稀少不说还非常容易生虫，仅仅聊胜于无。虽然对广大野生菌爱好者来说，有点虫子，并不是件很了不起的事情，但要真正体会出黄焖牛肝菌的好滋味，恐怕只有等来年，等到来年雨后初晴，一大群一大群菌骨朵集体下山的时候。

不过没有关系，立秋以后，基本算是谷熟菌、铜绿菌的天下，一样也有重口味。顾名思义，谷熟菌九、十月谷熟时节旺生，余响甚至可以绵延到十一月底十二月初。价格也不高，算得上平易近人，不过味道也只能算平常，远比不上那些浓香诱人的野生菌。有味出味，无味入味，在富民山区，彝族大师傅自有好办法。

办法很简单。彝族地区嗜好羊肉汤锅，一通吃肉喝汤下来，肉将尽汤已浓，这时候往汤锅中倒入一篮谷熟菌，不消几分钟，浓郁厚味的汤汁，携带胶质盐分油水等，便悉数灌入质地疏松的菌子当中，荤素混淆肉菌难辨。过程非常直观，只要伸下筷子，掂量一下菌子下锅前后的分量变化，理解起来并不困难。当然最好的理解，还是干净彻底快速消灭——谷熟菌容易入味，但不耐久煮，久煮成羹。

野生菌皇后鸡纵

小时候学中国画，山水了几年，转而花鸟草虫果蔬；工笔了几年，开始涉及写意。写来画去，发觉笔下的东西，基本都是外地事物，云南特有的极少，最多只是几只孔雀几头大象几朵山茶，很普及物件的比如鸡纵，反而不见。个人感觉鸡纵入画气度不凡，无奈心笨手拙，下手有型无神，私下揣度，只怕要齐白石那样的大家，才可以形神兼备。

鸡纵，云南各地都有出产，量都不小，学术些来讲，云南目前已知至少有二十种鸡纵，以全世界百分之十的分布面积，占到全世界鸡纵品种的一半。至于民间，却不会这么细腻，仅从外观大小颜色区分，不过黑、青、黄、白、红、蚁堆（也叫火把）、草、花之分，还有产地差异，但均看样灵秀、味道鲜美，不同意见很少。

至于鸡纵名称的由来，我想从开伞鸡纵菌帽上羽毛状的分裂，就可以得到启发和联想，那些分裂的机理，与芦花母鸡的羽毛，恰在似与不似之间，按中国绘画的理论就是神似。还有滋味，不知道是因为鸡纵汤的鲜甜，与土鸡汤相似度较高，还是民间古法鸡纵经常与土鸡同炖，命名这种野生菌的时候，上来就先来个“鸡”字，也在情理当中。

从云南全省范围内以及历史上来看，鸡纵应该是最受广泛持久喜欢的菌子。但鸡纵品种繁多、产地差异较大，缺乏独一无二的王者气质，却是作为后的好选。各种各样的鸡纵看下来，按我的理解，鸡纵此物偏向阴性，外形和滋味都柔感明显。只是鸡纵骨朵与不少菌骨朵一样，外形有点那个，在云南民间口语中，如果鸡纵实物并不在现场，“鸡纵”这个词汇，难说还有不雅的含义。

鸡纵和白蚁的某个亚种关系密切，有共生关系，通常出现在地下蚂蚁窝上层地表。古籍中记载的鸡纵条目，也称之为蚁纵。至于具体什么关系怎么密切，埋藏得太深，对我来说还是未知领域。按比较学术一些的说法，鸡纵孢子附着于白蚁运入蚁窝的植物碎屑上，白蚁的分泌物发酵植物碎屑，促进了孢子的生长发育，此后相濡以沫相互提供核心养分，直到营养足够条件合适，鸡纵的子实体鸡纵本尊，就会拱出地面。这种鸡纵，通常被民间认为是“正鸡㙡”，鸡㙡根入土较深，二三十厘米甚至四五十厘米，都算常见，采集需要挖掘工具。白蚁活动的时候，也会把一些鸡㙡带到浅层土壤中，这类鸡㙡入土较浅，可以手摘。

鸡㙡的多发地带，通常是相对比较空旷的林边山地，也不必费心找新鸡㙡窝，看看那些已经被挖过的旧窝，有没有鸡㙡或土层松动即可。夏秋季节的苞谷地，苞谷茎秆已经长高，但密度不算大，既通风透光，也隐蔽遮阴，作为鸡㙡的家园，也比较理想，丛生的蚁堆鸡㙡常见，一窝几公斤不算稀奇。此外浅根白皮鸡㙡也多见。

那是鸡㙡泛滥的时代，吃鸡㙡的奢侈时代，却已经一去不复返。在那个奢侈时代，奢侈的清理鸡㙡，完全不必清洗，只需要刮削去菌柄表层部分即可，这样最大限度地保留住鲜甜。此法目前已经不合时宜，一般先用水泡软菌体附带的泥土，流水刷洗，然后晾干水分，再行分解。

鸡㙡最美好的时候，要算刚刚拱出地面的清秀骨朵，鲜嫩清脆鲜甜，分解这种鸡㙡，手指可以清楚地感觉到脆嫩。鸡㙡骨朵最脆嫩的部分，要算菌柄中部稍靠下的位置。这一部分，适合炭烤，甚至可以生吃。骨朵开伞的鸡㙡，适合也划算炼制鸡㙡油。民间分解鸡㙡通常不使用刀具，全靠手工撕小，以便炒煮的时候，断面不规则、接触面大而方便出味入味。

鸡㙡的烹调适应程度最高，似乎任何一种方法，都能够适应，并且油制、干制以后不失风味，据说早在民国年间，开在省外大城市的云南餐馆，头牌菜跑不了就是鸡㙡，并且常年供应。云南烹饪鸡㙡通行的配料是：火腿、辣椒、蒜片。

比较野逸乡土的，要算凉拌鸡㙡：炭火先烤熟鸡㙡骨朵，然后撕小，用辣椒、蒜泥、盐巴凉拌。菌子骨朵的肌理很细致，表面一经炭烤受热，立刻收缩，这样一来，菌体内部的水分就被锁住，很难逸出，自然菌子外香里嫩，非常爽口。

鸡㙡虽然好吃，每年吃来，心中却多少还有些遗憾：当年运输条件有限，就算八百里加急，鲜鸡㙡也不能到达文人墨客聚集的地区，可是以现在的物流通达条件，一张灵动不俗的“山珍鸡㙡图”，依然还没有出现。抒完了情，说点正事：前几天在云南极其偏远的菌区，和当地人谈起鸡㙡，对方连连摇头，连着说了几次“不敢吃了”——鸡㙡多发地带苞谷地里，如果施放了剧毒农药，可能会连带原本高度安全的鸡㙡，一样带有剧毒。

释放干巴菌

野生菌，云南民间命名，通常简单直观，大致有三个参照方面——外观、颜色、气味，不时两两合并，比如干巴菌，颜色与云南祖传腌制肉类制品——干巴中的某些相近，气息味道也有神似。干巴就不细说了，主流除牛干巴、羊干巴以外，哀牢山以南少数民族地区，一切干制肉类，都可能叫作干巴。其实随便吃上一次云南干巴，也就基本明白了。

干巴菌属于革菌，主要有黑、黄两类——干巴革菌和橙黄革菌，两项相加，具体小品种有四五种，寻常所见普遍是黑色干巴革菌。干巴菌在云南分布广泛，除滇西北和滇东北部分地区外，均有采获，滇中昆明、玉溪以及同纬度地带最为富集。云南以外，贵州有少量分布；昆明市场近年有小批量湖北宜昌干巴菌面市，品质价格与云南相比，远远落在下风；报道说浙江萧山也偶然采获过。

就算云南干巴菌，地区不同品种不一，外观很接近，香气差别却巨大，通常滇中地区及同纬度地区所产品质最好，主要消费区也是这一带。比如哀牢山（山脉）以南普洱（思茅）所产，就与哀牢山以北玉溪所产，香气完全不可同日而语。干巴菌的地下菌丝体与云南松根系形成良好的菌根菌关系，平时投桃报李，你喂我一口糖（矿物质），我请你一杯奶（有机营养类），堪称云南地下好基友。哀牢山南北的云南松，虽然都叫云南松，但两边纬度气候土壤不一，南湿北干，北边的松树一年仅春季抽薹一次，而南边的松树春秋各抽薹一次，生长速度远高于山北，所以山南的松树又叫思茅松。具体机理虽然不很清晰，但基本可以认为，山南的思茅松，对干巴菌菌丝体投喂不足，同时山南的干巴菌生长速度，远高于山北。干巴菌生长缓慢，子实体从露出地面到成熟可采摘，滇中地区一般要半个月左右，有的甚至需要一个月，与大多数菌子相比，栉风沐雨时间超长。

即便哀牢山以北，具体小品种不同，也有差别，比如昆明晋宁六街乡所产菌体褶皱呈金黄色，虽然与周边乡镇所产菌体褶皱呈白色的同属干巴革菌，香气略低，但外观更吸引人，深受“外貌协会”会员喜爱。这几年一些地方运用“人工促繁”技术进行人为干预，但香气与同山自然生长的干巴菌还是有较大差距。

这里说到的香气也好，味道外观也好，非资深云南滇中干巴菌爱好者不能理解，大多数人接触的干巴菌，往往不够新鲜，最起码已经隔夜，已然氧化发酵出另外的杂味。干巴菌属于革菌，口感与大多数菌子已经大相径庭。好吧，现在转述一则杭州菌友第一次接触干巴菌的体会："捧着干巴菌，把上面白色的部分掰下来丢进嘴里，清香四溢，我们花样翻新地试了：生火腿裹菌，先吃火腿后吃菌，先嚼菌子后配火腿，试验配比，研究先后。这感觉仿佛在异地爱上一个陌生人，无法带他回家，必定要把那些梦想里的约会全部实践一遍，心满意足地慨叹——知道未来不一定能再重来，但也能记得这奇妙的滋味。"

干巴菌的云南吃法，传统无非油脂辣椒炒香，技术并不复杂，近年滇中人民认为小米辣更能激发菌香，又加入这一选项，个人认为这与味觉的全民性迟钝有关。20 世纪 90 年代，干巴菌炒饭在昆明街头流行过几年，后来菌价一高，基本躲进大饭店操办。这几年玉溪一带干焙干巴菌丁，然后用辣椒盐巴或酱油凉拌，也颇受欢迎，但操作起来有一定难度，核心技术就是干巴菌要新鲜。回到干巴菌菌山语境，那位菌友的评价主要建立在干巴菌的新鲜上，我需要披露的信息是，这一批菌友，随后来到昆明的木水花野生菌交易市场，他们用鼻子一闻，就已经明确，整个市场的干巴菌，与菌山的差距不可同日而语。

以目前的技术手段，干巴菌的保鲜保质，基本难以实现。实际上，老昆明人已经有一套保鲜方法，他们用大量的油脂把干巴菌丁与辣椒碎结合炒到七八成熟，装瓶油封保存，期待散落世界的儿女回来，即便不在菌季，也可以吃到一口昆明味道。我一直在想，这种方式或过于简单，或可以就在菌山，把最优质新鲜的干巴菌处理成菌酱，一部分保留香气，另外一部分保留质感，容器保存，开盖即食。

好吧，我说的是干巴菌的鱼子酱模式，大家想方设法，或许有些好创意。但是没有科技依托，我不大抱希望。

全菌宴闲话

一年一度，西南季风起雨水落，沟壑纵横高低不平的云南大地，渐次进入菌季。

铺张一种食材，非宴莫属，上达国家层面，下落土匪窝子。但野生食用菌即这里说的菌，并非一种，菌季可以同时出现洋洋百种，选择宽泛。以现在的综合烹饪实力，就其中气盛名重一种，比如搞个鸡㙡宴、松茸宴出来，问题也似乎不大。但极饰反素，麻烦就麻烦在选项过多，材质高低不等，性格差异不小，再加上人心向背舆情背景，文化科学接受美学，想放手一做，往往还放不开手脚。

巫家坝机场停用前，如果恰好是菌季，迎送外地客人，昆明方面热衷选择老民航附近“菌子火锅一条街”。理由当然充分，那样可以让客人比较快速安全地一次吃到多种菌子，虽然由此抹杀了单一菌子的个性，但相对符合客方饮食背景习惯，同时菌火锅当前，即便话不投机，总体气氛可

昆明一餐厅的全菌宴

以不太冷。我不确定那是不是目前全菌宴的民间蓝本，但是借鉴影响，多少会有。

全菌宴，目前云南市面流行格式，大模样还是菌火锅的升级版：火锅众乐乐而独乐乐，改大为小，一人一锅，汤底为鸡汤或者鸡汤混合鹅汤；居中位置，外来风习的松茸刺身，铺天盖地铺于薄膜覆盖的巨大冰盘上，或者搭配些地产虹鳟鱼生片、鸡㙡生片、白银菌老人头生片，配酱油和管装芥末；炒菜为祖传炒干巴菌、炒见手青、炒虎掌菌、炒青头菌、炒鸡油菌、炒谷熟菌等；汤菜为鸡㙡汤、青头菌汤；蒸菜为酿青头菌、蒸火腿鸡㙡、汽锅松茸鸡、汽锅鸡㙡、汽锅酿青头菌、松露蒸鸡蛋、白参蒸鸡蛋；可能出现的凉菜，有凉拌干巴菌、凉拌鸡㙡、凉拌白参、凉拌冷菌；采用外来食材混搭的，有鸡油菌或者青头菌炒海虾；探索阶段的黑白松露，搭配乳饼、乳扇、火腿，或者海鱼；主食南北兼顾米面并重，干巴菌炒饭、牛肝菌焖饭、见手青盖饭、羊肚菌捞饭、油鸡纵拌面、牛肝菌破酥包、松茸肉馅饺子、鸡㙡鲜肉馄饨；甜品不多见，偶遇金耳燕窝；此外还有结合一点少数民族饮食线索的，如牛羊肉炖菌、包烧菌子、春烧菌子。

挑选十几二十种菌子，结合一些本地其他食材，基本沿袭习惯做派，稍微留意下形式，足可以装配成一席全菌宴。手脚麻利的，只要三手——本地抓一把少数民族元素装点，省外抓一把食材和形式调味，海外抓一把松茸松露造势，已然极致。这类全菌宴多参加几次，审食疲劳，总感觉缺点新意思。

话又说回来，目前谈思路说谋划讲观念论风格，为时尚早，对单一某种菌子的理解，都还不够深入，遑论其余。以松茸为例，有蓝本可借鉴，接触运用机会大把，但十几二十年下来，初步理解大概消化无疑。吊诡的事情当然也有，与松茸配合的山葵，云南种植加工输出多年，昆明附近就有，却一直外向，鲜见内向，很少看到运用，是不知道呢还是不知道？主食先决，同为大米系的松茸尚且这样，起步更晚饮食操作系统不一样的松露，上路的用时只怕要更长。

两年前拍摄一场“百菌宴”菜品，见识了一位西双版纳女厨师的“鸡坳三吃”：黄鸡坳菌柄中段纤维没有生成部分切片滚大米粥，菌帽撕条做汤，其余部分炸制油鸡坳佐粥。其他不论，就食材理解运用这一点来说，还真是做到了仔细入微。鸡坳在云南食用年代久远，分布寻常多见，但品种不少，同一品种，品质也有地区、时间差异，这些常识调查细化整理，目前仅停留在口碑层面；数量不多的、种类单调的加工烹饪方式，与资源量、消费人口量并不对称。

还是有一些变化，正悄悄发生。昆明附近一家菌区饭馆，多年的招牌菜是黄焖野生鳝鱼，近年稻作萎缩，资源渐少，不得已另打主意，改做黄焖牛肝菌，不断改进后以菌块体量大、口感脆嫩渐受好评，又琢磨尝试用冷冻菌出品，以实现全年不间断供应，几年下来，竟得以实现。操作起来其实并不复杂困难，饭馆临近当日下山菌交易小市场，牛肝菌旺生季节，大量收购未开伞菌骨朵，清理清洗后视个头一分为二或一分为四，菌块按出品每份分量装袋速冻收储，以便非菌季使用。冻菌与鲜菌出品，略有差距但不明显，不在菌季的时候，接受程度不低。这种手法，目前已经扩散开来。

物流的发达，鲜菌大量外运，也会收获心得带来变化。还是以松茸为例，近几年国内消费剧增，各地朋友从单纯模仿秀，到自主研发烹饪法摆弄新吃法，自创的套路五花八门，有意无意，我都知道了不少，其他层面的交流，脑补一下可想而知。变化总会有，无非快与慢。

最近为一群外地朋友在云南菌季导吃，两天内感受了三场不同形制的全菌宴——昆明市区高端餐厅的、包山菌菌农菌山窝棚的、野生菌批发市场外菌火锅类型的。朋友们的总体评价，归纳起来认为：餐厅的隆重体面精致，换言之高端大气上档次；菌山的森林柴火灶，菌子从采集到上桌，不过

1 小时，食材新鲜到极致，完全没有注意到菌棚的简陋；市场的一锅鸡汤大肆用干制羊肚菌和鸡纵渲染，鲜到词穷。

不过我隐隐有些担心，如果同一群人明年原样复盘一次，感受会不会出现大面积下滑？

春来云南重吃花

云南春来无处不吃花。每年春风乍起，云南的食用花卉阵容，动作麻利得可以，弹指一挥间，已经爬上山头扑下河谷；云南地不分东西南北中、人无论民族，进入轰轰烈烈的全民吃花旺季，菜市场、餐馆和家庭厨房等一切涉及饮食的场所，随处可以发现花的踪迹，呼吸到花的香气；即便街边小摊，一杯木瓜水中，多少还是要撒上些玫瑰花糖酱，并且整年不断供。

留意一下会发现，除少量是人工栽培的以外，绝大部分还是看起来眼生的野生花卉，野花绝对压倒家花。具体种类，不完全统计起码三百种以上，全省广泛分布和人工栽培的约七十种，热带地区一百种以上，亚热带地区接近一百种，温带及寒冷地区也有二十多种，涵盖乔木、灌木、草本和水生植物。其中常见典型，高大乔木有大白花、云南石梓花，低矮灌木有玫瑰花，草本植物有芭蕉花、兰花，水生植物有海菜花、芋头花。

大白花这个名称，不同地方，同名异花所指不同，云南南部临沧、普洱、保山、西双版纳一带，通常是学名为白花羊蹄甲的高大乔木的花朵；云南西部大理、丽江，则多半是白花或浅色花的小乔木白花杜鹃。白花羊蹄甲的近亲紫花羊蹄甲，就是广为所知的紫荆花，也在云南食谱之列。羊蹄甲的花期，因生长地海拔气候不同，约在春分谷雨间，与古树茶春茶的采摘期大致相当，古茶山周边还多见分布。茶山旅行的时候，往往可以眼见漫山遍野的高大花树风姿绰约，花瓣不时随风散落，还可以在当地的餐馆中吃到花菜喝到花汤；花汤一般和蚕豆米同炖，高级些配有火腿或者腊肉，口感清爽。羊蹄甲采集却不大容易，要么像采古树茶那样上树去采，要么长杆击打摇曳捡拾落英，不是个轻松活计。

另一种白花杜鹃花，略有微毒和苦涩味，一般倾向于采集花色较浅的品种，例如大白花，烹调前要去掉花蕊、花粉和苞片，只留下花瓣焯水并多次漂洗。略有小毒的野生花卉，通常都要这样打理。一些无毒但苦涩味较重的花卉，像石榴花和攀枝花，一般也如此处理。核桃花则只采用花柱，去掉花蕊和花粉，焯水并漂洗，除鲜吃以外，还可以晒干储备。芋头花通常要除去肉穗花序和花轴的表皮，不过也有例外，有的地方却有意要保留花轴上的表皮。

除七十多种广泛分布和栽培的花卉外，不同民族或地区，对花卉的偏好和选择不尽相同。带苦味的棕榈花苞，有的民族和地方非常喜爱，有的却不予采纳。即便同一种花，采用的部位也有区别，比如芭蕉花，有的只取其肥厚的花苞片，有的却整花采用。同一种花，采集时间的不同，也会产生差别，保山瓦窑道人山的大面积野生苤菜，开春花苞初露，叫作小苤，往往采来鲜吃；入夏花轴抽长仿佛韭菜花，俗称大苤，一般用来腌制。至于烹饪方法，各地则大致相似或者全然不同。

炒、煮和凉拌最为常见，蒸、炖、炸、氽、腌比较通行，比较有特色的，有臼舂、包烧、灰焐。还是以芭蕉花为例，上述各种方法，都可以采用。以花泡酒，算得上云南特色，像大理地区流行的兰花酒，就是一例。气息清香的，派作饮料，比如玫瑰花、茉莉花、石斛花。甚至可以直接生吃，有一种淡蓝色的草本鸡蛋花，味道香甜可口，常常成为牧童樵客的零食；饮啜一小口带露水的杜鹃花蜜，也是不少驴友的做派。

烹饪花卉混搭成风，荤素混搭的对象，一般有鲜猪肉、腊肉、火腿、油渣；鸡蛋荤不彻底素不干脆，套炸套煎蒸炒，出场率相当高；芭蕉花炒鸡杂，算是其中特别的案例；豆豉、腌菜、韭菜、蚕豆、豌豆，往往用来掩盖花卉中的苦涩杂味；至

凉拌白花（白花羊蹄甲）

菜花腌菜

于素素混搭，常见且还比较有代表性的，如茄子芋头花和海菜花毛芋头或汤或炒，算得上经常可见的搭配。

芋头花是栽培花菜，随处可遇，有紫色和绿色两种，紫色多见，绿色鲜见。大理坝子煮泥鳅汤，爱用风干芋头花苞做配料祛腥。海菜花早年广泛分布在云南高原湖泊、河溪、龙潭等水域，昆明滇池就曾经有大量野生，当地除鲜吃外，还用来腌制海菜鲊，目前盘龙江上游白邑黑龙潭还有规模种植，当地餐厅也有海菜鲊出售。野生和栽培海菜花，近年以大理最多，餐厅多作为常备菜。花菜腌物，云南常见的，还有苦刺花鲊、干巴菌韭菜花。

西南一带，芭蕉没落得很、极不得志，观赏喝彩的没有几个不说，果实也鲜有问津，倒是芭蕉粗大的茎秆，乡里人常常砍去做饲料。芭蕉叶在云南南部常常作为炊具和食物容器、包装物，算是派上了正经用场。芭蕉花也是那一带颇受欢迎的粗纤维山茅野菜。

云南各世居民族，靠山吃山，野外采集食材，有吃野生花卉的习惯并总结出一些采集方法，与陆续迁入的各民族相互陶染，渐成风气。习惯以外，花卉被看重的，还有药理，诸如辛辣克制潮湿、清苦克制炎热；有的花卉如染饭花，当作天然色素食品添加剂使用。西双版纳的云南石梓花，起码覆盖了天然色素、香料、药理三个方面，这种当地语言发音“啰嗦”的乔木紫花，通常干燥后研磨成粉末，用来蒸制一种叫作“好啰嗦”的节庆糯米粑粑。各地野地田埂随处可见的鼠曲草花，俗称黄花，有驱虫的作用，开春后采集花朵制作黄花粑粑。

花粉采集，并非昆虫的专利，松花糕主要配料，就是云南松的黄色花粉，香气比较特殊。只是花粉看似幼嫩，却有一层坚韧的外壳，如果不突破壁垒，花粉很难被消化吸收，不知道在高温蒸气的干预下，能不能让松花粉借力膨胀，破壁而出。花蜜品种繁多，常见而较独特的，有野坝子花蜜、椎栗树花蜜。

玫瑰鲜花饼近年已然风行旅游手信，当地号召力却不算很高，云南传统做派是腌制玫瑰花酱，似乎家家会做，用来做甜点调饮料。玫瑰花每年五月和十月开两季，种植规模以昆明安宁八街较大，花季时昆明市民爱去采集来制酱，当然也用来做鲜花饼。

云南食用花卉不仅品类众多，水平范围普遍分布外，垂直分布从最低点海拔 76 米到海拔 5500 米左右均有——如此丰富的食用花卉资源，中国乃至全世界绝无仅有，值得探究。

说说芭蕉叶

说到芭蕉叶之前，还是先扯上几句芭蕉。整个芭蕉植株放在云南，似乎就没有不可以利用的部分，首先芭蕉果实属于准著名水果，知名度以及长度虽然不如家门香蕉，但偏生就有生平最爱此物的，比如野生大象们。发展壮大为水果前，芭蕉花是一道深受云南南部各民族喜爱的新鲜蔬菜，包烧芭蕉花、小韭菜炒芭蕉花，经常出现在招待外地朋友的菜单上，已然有些名菜姿态。

芭蕉属于草本植物，植株非常脆弱。今年春天，我在普洱江城边境地带，发现株紫色果实的野生芭蕉，想用微距镜头拍上几张图片，于是身体靠上芭蕉植株，腰腿猛一发力，五六米高一棵野芭蕉，便齐根断开轰然倒地——不要担心，芭蕉植株虽然脆弱，但根系特别发达，砍砍烧烧，越发发达。芭蕉秆中间，有条直径约三五厘米的白色芭蕉芯，切片焯水后凉拌，也是一道受欢迎的菜。至于其他剩余部分，那是土猪们的主食，通常不好意思去抢。

芭蕉叶通常不作为食物，但叶面宽阔柔韧度好可塑性强，在云南南部，是包裹食物的好材料。像糯米粑粑一类黏性食物，各少数民族常用芭蕉叶分解包裹，然后上蒸笼“包蒸”。熟后的粑粑，因为有芭蕉叶包裹，既可以保温，又方便携带。芭蕉叶表面光滑，还有一层疑似蜡质的物质，即便是糯米粑粑，也很容易分离开。与包蒸一样常见的，要算“包烧”，前面说到的包烧芭蕉花，用芭蕉叶包烧芭蕉花，菜品端出来很清秀，但我遇到此菜，心里面总会有点异样感，感觉比“煮豆燃豆萁”来得还要狠。

包烧的东西，有两样我比较喜欢：包烧牛脊髓和包烧罗非鱼。按我的体会，包烧并不仅仅是“烧”，一旦受热，包内的水汽蒸腾起来，还有“蒸”的意味，出来的食物通常比较鲜嫩。另外芭蕉叶有祛腥的作用，用来对付腥膻食材，效果比较理想。

有回在普洱和西双版纳交界带，欣赏了一次店家现场制作包烧罗非鱼：鱼比通常所见颜色要浅许多，店家说这是因为不喂饲料。鱼收拾干净后，作料腌制半小时入味。作料主要有盐、捣烂的小米辣和蒜、大芫荽，以及一些不知名的植物碎末。然后用芭蕉多层次包裹罗非鱼，鱼一条紧挨一条平放，八条一包，封包前把剩余的作料全部泼撒进去。店家用一只巨大的铁制夹具夹住鱼包，上到一只更加巨大并且超长的铁制烤架上去烤。火是木材明火，火势很大，全然不去顾忌会烤煳，约 20 分钟后，撤火用余烬继续烘烤几分钟，稍微冷却一下落气后开包。

竹筒菜也会用到芭蕉叶，比如拿芭蕉叶折叠一下，封口当盖用。在普洱江城的瑶族聚居区，我发现事情并没有那么简单，比如做竹筒牛肉，竹筒内壁要预先卷进去一圈芭蕉叶，不知道纯粹只是祛腥提味，还是另有调节温度的作用。据制作者介绍，这是味道好坏的关键程序，不可或缺。利用芭蕉叶柔韧而丰富细密的纤维去清理牛羊下水，在不少地方也是常用手段，方法很简单，把芭蕉叶混入牛羊下水中，反复搓揉即可。

除炊具以外，芭蕉叶还可以作为餐具和桌布，像德宏景颇人家绿叶宴，就满桌满眼都是芭蕉叶。普洱江城的瑶族人家，居家晚饭和野外工作餐，有冷食的习惯——就是一包芭蕉叶包裹的冷饭团，外带一点腌黄瓜一类的咸菜，吃完芭蕉叶随地一扔了事。说了事其实还没有全了，芭蕉叶还没有完全落地，候在一边的冬瓜猪，其中特别敏捷的一只，已经突击出去，空中接住那片芭蕉叶，一口消灭干净。

绿了芭蕉红了花

春来无处不吃花。春天刚打了个喷嚏，云南的花，动作麻利得可以，弹指一挥间，已经爬上山头扑入深箐。哗啦啦呼啦啦，噼里啪啦刷刷刷，花开的声音，想必，不会比破竹的声势小多少。

下山出箐，花在水里漂着躺着，等候着出锅那分钟的花香。芭蕉花，倒也不必在水里泡着失色，依旧大模大样地在芭蕉叶下高挂着，只要说声要吃，立等可得——村前寨后取上一柄芭蕉花下锅，有如探囊取物一般容易，尤其难得的是，芭蕉开花好像并不太讲究季节，一年四季都有花可吃。

芭蕉的样子，很热带，退而求其次，至少很亚热带。岂知，芭蕉的脚印，早过了长江直到淮河一带，和樱桃混在一起，给才子佳人们当作细细把玩的东西，诗词书画歌赋，风花雪月得耐不住，搞得连妖怪牛魔王的老婆铁扇公主，都喜欢到拿去当了扇子。西南一带，芭蕉却极其不得志，没落得

芭蕉花

很，观赏喝彩的没有几个不说，果实也鲜有人问津，倒是芭蕉粗大的茎秆，乡里人爱砍去当猪饲料。凶险得很，芭蕉花的位置，和饲料靠得很近。

好在我们云南，芭蕉叶常常作为炊具和食物容器，算是派上了正经用场。芭蕉花也是颇受欢迎的粗纤维山茅野菜，近年行情上涨比较流行。如果以芭蕉花做主角，画张吃花地图出来，那么好——红河两岸蕉花红，红遍红河西复西——红河团转，红河以西，红河以南，都是芭蕉花飘香的地方。按地区来说，红河、文山、普洱、西双版纳、临沧、保山、德宏，芭蕉花随处可见，吃法大体相似，具体各有不同，尤其是西双版纳、德宏、普洱、红河一带，芭蕉花寻常如北方的大白菜，并且四季可见——老实说，这些地方，并没有严格意义上的四季，雨季和旱季两季，就足以概括一个年度。

芭蕉花的做法很多，可炒可腌可烧可汤可凉吃，西双版纳、普洱、德宏一带的傣家人，喜欢用芭蕉叶包烧芭蕉花，间入大芫荽、小米辣等作料，连烧兼蒸，开包浓香扑鼻，色彩鲜丽，形式可爱。芭蕉花略有苦涩，剔去花芯，花瓣横切作丝，或盐渍或汆水，可去苦涩。也有把花芯做成菜的，像普洱澜沧一带，炒芭蕉花芯或者焯水后打蘸水吃，很有餐桌号召力。芭蕉花一般和韭菜或豆豉同炒，爆肉炒鸡杂更好，脆韧相间，香味浓郁。哀牢山南的墨江哈尼人，特别擅长芭蕉花丝炒鸡杂。鸡杂给芭蕉花的清高一提拔，盘中毫无俗气，芭蕉花饱吸了油荤，也荤素难辨。红河、文山一带的哈尼人，以芭蕉花爆炒香肉，很是高妙：芭蕉花的清凉，平和香肉的燥热；芭蕉花的甘辛，调解香肉的土腥——强强连手，不过如此，清香难挡，让人佩服。

春酸、夏苦、秋辛、冬咸。其实初夏下晚，完全可以在芭蕉荫下安了竹桌凳，扇起芭蕉扇，来上点小酒，闲闲地吃着傣家风格的芭蕉叶包烧的芭蕉花，吹把散牛，讲讲小翠狐仙鬼故事，得闲摸上一把翠绿厚润的芭蕉叶——把酒花下，其喜洋洋者也。

如此说来，喜欢芭蕉的蕉下客，哪里会只有贾探春一人？

芋头花三弄

云南谚云：茄子芋头花，洋芋老麦瓜（老南瓜）。言说者通常表情得意，语速很快，一口气报出四种家常蔬菜，初闻还以为是绕口令。还有一层意思，不熟悉云南饮食的，一般很难感受出来——这是两道著名云南家常菜。作为久经考验的烹调铁扎搭档，茄子和芋头花的关系，相当于伴侣；洋芋和老麦瓜的甜蜜，恍若情人。两两勾肩搭背，市场、炒锅、蒸锅、汤锅、容器中同出并进。就外观来说，前两者同色系，后两者均质朴。

不过茄子和芋头花的伴侣关系，远没有到密不透风的境地，仍旧疏可跑马，需要蒜片伴娘老酱伴郎，重油扶持盐巴参与干椒或者青椒掺和。从简约版老派仪式操办程序上来讲，茄子切条，芋头花撕皮去蕊掰段，有视觉洁癖的，可能还会焯一下水沥干水分，然后爆香辣椒、蒜片，下锅爆炒一下，再添酱着水焖到几近糜烂，或者隔水蒸至形不散而神

老品种芋头花

糜。如此这番，茄子和芋头花，终于亲密无间，你中有我我中有你，色香味形难辨彼此。虽然外观稍显晦暗，但浓烈的香气，传说连消化道也不能完全收揽，还有残余势力存在。

版本繁复的，还要派上火腿、鲜肉末等狠角色闹房，把本来就在荤素边际上犹豫不决的茄子芋头花，闹腾个距荤很近离素较远。至于宜不宜少儿，那我基本管不着。不管简版还是繁版，对围观者来说，目的只有一个，就是开胃下饭最后开心。好事者要拿去拌面、拌米线，我想也不会有多少不同意见。几乎众口一词，把茄子芋头花的味道，归结为“家”的口味，并且马上联想到一位父母至亲的形象，小宇宙爆发关联情绪迸发。

把茄子和芋头花拆分开，也不是不可以，有人就好口极度软乎，不三不四上位，单恋芋头花驱逐茄子，宣称丝丝滑润滴滴浓香，不知道的，还以为在说巧克力和咖啡。还有种新派做法，芋头花只去花蕊，并不去皮，焖蒸的时间酌情延长，以为香气更足，味道更浓郁。爱好形形色色，有人头顿不吃，专门留到第二顿才下口，认为那样一来，一丝“麻”味也不会出现，味道才算真的好。

的确麻。芋头属天南星科，芋头花中的生物碱，伴随汁液分泌出来，马上就会氧化成紫色，浸染刺激皮肤，“麻感”强烈。对付的办法也有，起码两种：一是戴套操作，彻底隔离；二来水下办理，使生物碱稀释水解。

芋头花栽培历史悠久，正式些的称呼，叫作红芋或者花芋的花茎和花苞，属于芋头的花用或者叶用变种。花茎通体紫红暗自张扬，长度半米以上到一米多不等，直径通常超过一厘米；花苞偏向黄色，长度起码十几厘米。作为常见蔬菜，云南全省都有分布，滇中滇南滇西最为普及，惊蛰至春分间栽种，迟不过清明，七八月开始摘收花茎，八至十月收割叶柄，最后翻地采收地下球茎即芋头。滇南一带，还有一种绿秆黄花苞的新品种芋头花，明绿明黄，花茎花苞肥壮，长度直径都超过紫色芋头花。

换句话说，不仅吃花，芋秆、芋头统统可吃，叶片还可以作为青饲料。有年我去石屏异龙湖旅游，朋友带我到北岸大水村吃鱼，一锅蘸水清汤鱼，添加大量去皮野芋头秆同煮，风味特别，色彩明快。至于地下的芋头，一般交给大白菜和海菜花去慢慢收拾。

芋头花的能量，远不止这些，原本还是味中药，主攻消化系统的一些毛病。经常跑大理“闲”的大理客，随便找个菜市场转转，难说就会发现卖芋头花的，通常花茎花苞分别出售，居然拆分到了芋头花头上。花苞并不去花蕊，每五六个用茎皮绕成一串，单独出售。这些花苞，买回去高挂在房梁下面锅灶上方，烟云供养烘干结合阴干，最后变成易碎品，其间花蕊自然干落。干燥好的花苞，却是上好的祛腥提香利器，作为主要配料，并让薄荷、芫荽、香葱、豆腐等友军加以配合，专门用来对付泥鳅。干花苞煮出来的泥鳅汤，格调清甜不失浓香还有异香，一改通常做法泥鳅大辣大酸、大辣大麻的趣味。

暂时弄到这里，得闲接着再弄。

遇见核桃花

机缘合适的话，潜伏心中的某些片段，会突然释放出来：一片山水，一个笑容，一举手，一投足，甚至一种气息，一丝味道。

三四个月前，跑了趟楚雄大姚，跑到妙峰山德云寺观瞻禅修，两天下来，晨钟暮鼓早修晚课，情绪基本平稳。不料在寺中厨间访见样东西，终于咯噔一下，怦然心动——一眼就发现，那是旧时相识。那是一篮子干制山货，乌黑，修长，微微卷曲。后面那顿斋饭上，僧人还用素油炒了盘山货，吃来满口清香，只是纤维过于坚韧，略微拗口。细嚼慢咽间，深感山货当年清秀绝伦的生命活体，风吹日晒枯萎后，鲜活不复，芬芳难再，形同干燥花。那一篮子山货，是山核桃花。

山核桃也叫铁核桃，瓤少隔多壳硬。二十年前，云南山区特别是高寒山区，菜籽油和萝卜籽油不多见，食用植物油主要榨取自山核桃。山核桃壳的坚硬程度，和通常所见的泡核桃，完全不是一个级别，外形结构相似，厚度和密度不同，一个是易碎物品，一个坚似铁硬如钢。如果理解困难，可以参考一下石墨和钻石，两者的化学成分，都是碳元素。

一物降一物，癞蛤蟆降怪物。榨核桃油，需要机械物理原理结合辩证法，借力打力用上巧力，让核桃壳去突破核桃壳。榨机硬木制或者石制，绝对正版山寨机，动力是牛，开动起来，咿呀有声，声调悠扬空灵，很有些古意。近些年，山核桃普遍嫁接成泡核桃，牛的子孙还在，榨机却前者已去缺乏后继。

榨核桃油是成人活动，捡核桃却属于少儿游戏。春江水暖鸭先知，山核桃成熟的消息，一般最先在未成年人中传播开。山核桃内壳固然坚硬，用上祖传秘方火攻，其中的水分油脂膨胀涌出时，核桃壳必然局部崩溃，再稍加打击，或门夹或锤击，便可以细细掏取喷香的肉瓤。遇上特别心急的几个，不等山核桃熟透果皮炸裂开，已经在核桃箐里动作起来。提前下手的缺点，是容易露出马脚，落下把柄：山核桃果皮的汁水，一旦沾上皮肤，几分钟后便氧化发黑，黑手党已然做定，再一个不小心顺手擦把脸汗，那么必然一脸漆黑，可以直接发配到非洲做土著。黑色素的附着力极强，没有三五天工夫去努力擦洗，要回归本土，相当困难。

山核桃喜阴好阳亲水，核桃成片成林的所在，通常是两山之间，坡缓见水的开阔地。那种地方，往往叫作核桃箐，在云南一带，这个地名出现率很高。核桃箐里风景往往不错，尤其是开春，风上到山核桃嶂岈老辣黑硬倔强的枝头，随便摸上几把，便嫩绿浮动，妩媚涌现；接下来核桃花满挂，随风摇曳；最后落花一地，任人拾捡。

核桃花长十几二十厘米，白面目中透出些绿意思，大模样像只试管刷。去掉花蕊，单取花茎，汆水后用冷水漂洗浸泡，每天早晚换水，坚持六天，翠白泛黑的花茎，就可以出水上案，只等切段下锅。也不麻烦，用动物油脂随手一炒，稍稍收干水分，沥去苦涩的花茎，其中隐藏的植物精油，再也按捺不住，突然就芬芳吐露，清丽释放。那一刻，终于放心下来，长舒一口气：几天来的早晚殷勤，挽袖劳作，真的很值得！

自那年别过以后，核桃花空灵清秀的苦香，算来已经有二十多年无缘再会。

尖

豌豆尖在昆明很常见，一年四季都有，不少昆明小吃，都有豌豆尖的事情。记得老早以前的小锅米线，起锅前少不了要扔进去几颗豌豆尖，提味增色；连最普通的过桥米线里面，隐约记得也有。但不知道从哪天开始，豌豆尖基本消失，替换成豆芽、白菜丝，口感和心理感受都相去太远。我不喜欢豆芽的原因，和口感其实关系不大，也不是因为负面消息太多，而是反感豆芽依仗价格优势，抢了豌豆尖的合理位置，一直愤愤不平，此恨似乎会绵绵无绝期。

有个老朋友，大学在昆明、家在上海、人在青海，十几二十年过去，还在想念小锅饵丝的味道，说好如果回昆明，别的先不管，饵丝一定要请他吃一碗。可是现实很残酷，人家真来的时候，原先昆明还都基本吃得到的饵丝，味道普遍已经相当不堪，连着跑了几处，也没有找回当年滋味，直到看见有豌豆尖的一碗，才犹豫不决开口道：好像找

荷叶尖

枸杞尖

着点感觉了。

如此看来，卤饵丝、炒饵块如果没有点豌豆尖，还是不是昆明口味，都有些疑问，甜咸酱油间没有那点绿意思，绝对不够意思。作为家常菜，豌豆尖通常用大蒜炒、酸腌菜炒，煮汤喜欢来点白豆腐——豆尖豆腐汤，以此突出主角的鲜嫩清纯，并压制住配角的杂味。一般的街边小馆子，照样擅长此道，不过自己打整出来的豌豆尖，要精细许多，不仅不会长枪舞棒出现老梗，连那点攀须都嫌碍口，也要一一掐除。

豌豆尖的尖，昆明话发翘舌音，特别是由女声发出来，语气中多少可以听出几分欣赏和喜爱，有时候甚至连“怜爱”之类的意味，也可以捕捉到一点，柔性美感十足。上中学的时候，隔壁班上有个漂亮女生，名叫汪素娟，说话声线又特别轻柔，毫无疑问，捣蛋男生“封”人家绰号为“豌豆尖”，只因为谐音，还是另有意味，那时候我还感觉不出来。

还算好，豌豆尖以外，“尖”在昆明，其实姊妹众多，山上、地里、水中不少蔬菜、野菜以及其他植物，都在“尖”的家族中。

比如瓜尖。瓜尖常见的，至少有两种，南瓜尖和洋丝瓜尖。和豌豆尖一样，两种瓜尖都可炒可汤，但以素炒素汤为主，炒的话稍微加点大蒜和干辣椒，偶尔也见加豆豉的。有回见玉溪新平戛洒镇的人家用青黄豆米磨成浆汁煮南瓜尖，感觉非常不错，豆腥味和菜腥味都不那么强烈，口感还比较丰富新鲜。南瓜除成熟的果实以外，结果不久的嫩品，也非常受欢迎。南瓜叶也有用处，早先卖菌子的，一定要配上些瓜叶，一是遮阴保鲜，二来让买家回去好用瓜叶清洗菌子。洋丝瓜一样可嫩可老，栽种两年以上的，可以挖出些肥大的块根，那可是样好东西，滋味非同寻常。

要开春还没有开春的时候，有花椒尖。花椒尖一般素炒和用鸡蛋炒、摊，焯水后凉拌也不错。做椒叶饼和椒盐饼，以及用花椒叶打蘸水，却不用太嫩的“尖”，而是采用年轻力壮的部分，以保证椒香味浓烈。和花椒尖出现的时间相差不多，山上的沙松尖，几经崭露头角。沙松尖气息过于浓烈，一般要焯水漂洗后，才拿去做菜，除配炒以外，也经常用来凉拌，要是和俗称青蛙皮的树花配合一下，那就比较稀奇，适合请人尝个怪异特别。山药尖、红薯尖、皂角尖、苦刺尖、青刺尖，有些并非昆明所产，不过以目前的物流条件，并不难见。

水里出的尖，主要看“小荷才露尖尖角”的荷叶尖。荷

皂角尖

南瓜尖和花

叶尖略有小毒和苦涩味，做菜煮稀饭前，要滚水“过”一下。元江、红河、元阳一带的本土芋头水下嫩芽尖——弯根、建水的草芽，仔细想想，其实也可以列入“尖”列。

昆明的辣椒尖，其实并非辣椒，而是一种叫作牛膝菜的野菜，我判断不出来是不是龙葵，如果是就要小心，某些地方已经有中毒案例出现，还是不要抱南橘北枳那种侥幸心理。如果不是，那大可以释怀。不过话说回来，但凡我遇见辣椒尖，肯定要买些回去，切点大蒜素炒，口感软糯清新，从来没有往有毒方面想过。枸杞尖的口感，也有那么一点软糯清新，除炒以外，还适合做汤。

上述不少“尖”，省外也有，并非特产，但不要说吃，光是看看，凭感觉就可以知道：不一样就是不一样。而要把全云南的“尖”们统统罗列出来，肯定不是件简单的事情，并非我能力所能为。

金琐莓和黑琐莓

传说古代有个牛人，不幸跌下山崖，万幸半中来腰薅住把山茅野草，还不至于直接跌落崖底。当然，我这样说，一点也不够惊险刺激，翻开中外电影史，没有中外电影史的，请翻开金庸、古龙、梁羽生的书，几乎数不清的故事，会清楚地告诉你们，这种时候，将有位风华绝代的美女出现；如果没有美女，那么至少要有一样下美女若干等的灵物出来；实在是什么也没有的话，也至少会出现些破遮阳、烂水管，稍微那么抵挡一下。他们的目标是美好的：要么无伤，要么轻伤；只有受伤，没有残废；即便残废，将来有救。

抓住棵救命稻草，不，抓住棵救命茅草，其实可能还另有不幸：一面是死神，一面是茅草，难道就不会发出一点生不如茅草的感慨？更要命的是，茅草毕竟就是茅草，是不堪担当如此大任，去掠美女特别是风华绝代的美女之美，茅草根系的坚韧，只是茅草形式的坚韧——茅草终将抓不住山崖

黄藨（金琐莓）

黑藨（黑琐莓）

上的泥和土，危机只是稍微带了一把手刹，由一眨眼的功夫延时成慢动作。

风华绝代到底还是要出现的——不是光，不是电，不是幽浮和闪电，披着希望和鲜艳，还有童年的笑脸——一颗琐莓果实适时出现，牛人伸舌头一够，没有够到；再伸舌头一够，还是没有够到；牛人来了牛脾气，集全身精力于舌尖，三够琐莓，终于够到。

汁水喷涌间，牛人一声牛叹：真美啊！

后面的事情，我就不大清楚了，也许金庸知道。但是我知道，在我们云南，金琐莓也叫黄琐莓，俗称金藨和黄藨；黑琐莓也叫紫琐莓，俗称黑藨或者紫藨。金琐莓和黑琐莓的枝条上，生有倒钩刺，植株密集蓬生，密可透风，不能跑马。这两种琐莓，云南到处都有，随便一条公路两边都是，每年四五月份，或者五六月份，好像就是琐莓大肆成熟的季节，稍微拿出点披荆斩棘的精神来，就可以大快朵颐。实在是缺乏那种精神的，大可不必着急，也许路边某处，就散坐着一位不乏披荆斩棘精神的老太太，草帽底下闲放着一个提篮，提篮旁边有一只白瓷小碗，小碗里面堆尖码严的，多半就是金琐莓。

此外，另有一种生在地面上的白藨，乃是草本，疑似野草莓。还有一种红藨，也叫蛇莓，看样子和白藨几乎一样，只是颜色不同，在云南一些地方，肚子不大舒服的时候，有人会拔上几棵蛇莓植株泡水喝，管不管用不知道。这些俗称“藨”的植物，的确容易混淆，像那个奥斯卡金像奖的反面或者山寨大奖，著名的金草莓奖，就有语言牛人指出，翻译得有些问题，应该译成“金覆盆子奖”才对。

说到这里，心亮眼明的，应该已经知道，不管黄藨黑藨金藨紫藨，还是金琐莓黑琐莓，其实都是覆盆子的马甲。覆盆子马甲之多，多到让人懒得去列举，顺便再说上两个：大概是为了和草莓对应，覆盆子也被称为树莓；黑色覆盆子成熟的时候，正是栽秧季节，顺嘴就叫作栽秧藨。不仅马甲多，种族也不小，百度一下，可以吃的覆盆子，全世界居然有 450 来种，我们国家，也有 210 种之多。

覆盆子欧洲有人工种植的，看欧洲过来的美食节目，经常可以看见覆盆子出现。看来，开头说的那个古代牛人，还有可能是个洋牛人。在我们云南，覆盆子好像到处都有，随便一条公路两边都是。既然又扯到了公路，那就再来上点惊险动作：有一年，我坐的车，在冰凌子山路上失去方向，滑出路面，落向谷底，结果有大惊无大险，汽车在金琐莓刺窠上来了个软着陆，仅仅被琐莓倒钩刺给纹了个身。

最后，我还要大声附和一下：真美啊！

移柃

木瓜（蔷薇科）

木瓜、番木瓜和移栤

木瓜和番木瓜，本来很好区分，可是番木瓜的番号一旦被有意无意省略掉，问题就出来了，本土原产的木瓜和不远万里漂洋过海来到中国的番木瓜混为一谈，必须追问下去——你说的木瓜，到底是哪一种？

遇上木瓜脑袋特别裹搅不清的，问到无名火起，真想重新演绎一把《诗经》，给那家伙脑袋上一木瓜——投我以木瓜，报之以琼琚。匪报也，永以为好也——当然，即便腹诽假打，还是本土原产的木瓜为好，不提倡使用番木瓜，番木瓜毕竟太过暴力，也不符合中华民族的传统习惯。

怪就怪在，偏偏这两种木瓜，云南都很常见：木瓜多生于云南北部或者山区，番木瓜常见于云南南部或者河谷地带。遇上同名同姓的，在姓名前面加大冠小，不失为简单实用的区别方法，分辨别人说的木瓜到底是哪一种，不妨参考一下，比划一下大小：一般情况下，木瓜小，番木瓜大。番木瓜的外形，还有点那个，番木瓜丰胸理论的发明人，估计是在番木瓜树下睡午觉淌口水，头上挨了结结实实的一番木瓜，才获得的灵感。少数民族聚集区，番木瓜的主要产地，名称麻烦却不存在，滇西德宏，番木瓜叫“麻三坡”；滇南普洱，叫作“缅香蕉”。

不假打不相识，按照《诗经》提供的套路，假打之后关系应该更铁，把酒言欢一把理所当然，酒当然是木瓜泡酒，菜可以考虑以下几味——开胃冷菜小米辣凉拌木瓜，主菜酸辣鲫壳鱼和青木瓜炒鸡，餐后甜点海棠果脯。顺便说一下，大理风格的酸辣鲫壳鱼，通常会用上晒干的木瓜片或者木瓜醋。海棠果不是木瓜，却是木瓜的同科近亲。

不管是木瓜还是番木瓜，用来凉拌和配炒，在云南不少地方，偏好使用青涩的嫩果。这种青涩嫩果偏好，同样也适用于杧果。尤其是炎热的南部和河谷地带，小米辣的生辣和青涩嫩果的酸涩，一旦被盐巴有机地连接起来，立刻成为一种充满诱惑的奇异口感——凉拌有时候都稍嫌多余，直接就用青涩木瓜片蘸上盐巴和辣椒充当零食。

蘸上盐巴和辣椒充当零食的，还有移㭃。移㭃和木瓜，也是同科近亲。移㭃发音移义，却容易读成多衣，滇黔桂一带，不少地名中间出现的多衣，想来本意应该是移柠。云南一些地方，来得更直接，把味道都连带进去，直接把移柠叫作酸多衣。

成熟移柠的气息，闻起来充满蛊惑，仿佛有一整个奇妙浪漫的果园隐藏其中。一旦入口，却高度酸涩，酸掉下巴涩掉牙的事情，没有实际发生过，但却是深入人心的共识。只要见人在大嚼移柠片干蘸盐巴辣子，不管距离远近，我的下颌骨两侧，立刻陈醋奔涌，无法治理。也许真的有人可以在一派酸涩当中，重新找回果园的大门。

水果也是菜

事情还是要从水果罐头说起。早些年冬季出差北方，但凡遇上招待，席面上与其他菜一起上来的，通常会有一两道这样的菜：打开装盘的水果罐头，一般是糖水橘子和梨片，偶尔可见荔枝或者龙眼。

那是我见识真把水果当盘菜的开端，运气不算太好，直截了当糖水水果罐头，那些年的确算高级货色，但我所了解的主要用途，却属于探视用品，感觉不是太好。头开的不好，即便云南一头一脸的水果，对水果入菜信心完全不足。接下来那几年，还算事情有点转机，昆明市面上流行菠萝片炒牛肉，口感看样马马虎虎还过得去，遇上招待各种朋友，看样点上一盘，抖草[1]兼顾找话题。

按理菠萝饭算不上是菜，而是算主食，可是我发现，不

1. 抖草，云南方言，意为显摆、卖弄。——编者注。

少人把它当菜不当饭，当傣族风味的八宝饭处理。有年某酒店办理跨国大招待，做出来的菠萝饭，效果不俗，连泰国友人都说真好：糯米白色紫色加上植物原料漂染的黄色，合适的菠萝汁泡米，三色拼搭小菠萝装填，并稀释预留出一部分做蒸饭水，每个细节，都做到菠萝味十足，想滋味不好都困难。菠萝去皮剔眼切片，盐巴小米辣腌制、花椒等泡制一天，便是一道颇受欢迎的水果泡菜，添些汁水拌上卷粉同吃，做正餐都可以，我个人比较喜欢。

大理一带特产梅子和蔷薇科木瓜，作为配料调料，干鲜梅子和木瓜以及梅子醋木瓜醋，都可以大肆用来烹煮酸辣鱼。腌制发酵过的雕梅，用来蒸制雕梅扣肉，与各地腌菜梅菜一对比，特色鲜明水果滋味十足这种话，不说出来，只怕会有点过意不去。大理永平的特色菜，绕不过去一道成熟木瓜片炖土鸡。木瓜起码有两种，开红花的和开白花的，通常开白花的为上。至于还没有成熟的青涩木瓜，切片刨丝炒牛肉炒鸡丁，家常菜而已。那种青涩木瓜片、丝，盐巴辣椒拌一下，通常作为零食，当开胃碟也不错。与这种木瓜外观味道相似的，还有一种野生水果，俗称酸多衣，学名移㭎，一样当作木瓜处理。说起木瓜，云南还有一种番木瓜，也就是制造“木瓜牛奶”的那种木瓜，云南南部以及各处河谷地带随处可见，成熟的早年主要作为饲料，青涩者与蔷薇科木瓜一样，切片刨丝后盐巴辣椒一拌，当零食养嘴。

杧果产区通常为炎热地带，凉拌青杧果要算最流行的街头零食，不少人从童年爱到青年，再从青年吃进中年，乐此不疲。如果装盘讲究一点，那就可以成为驻店招牌，用来搭配冰啤酒，作为一道下酒菜——云南河口的一家越南咖啡馆，就是如此打理。离和平村不远，昆明吴井路的一家思茅菜馆，有道特色菜：菠萝炒杧果。凡招待省外朋友，我必然会点，要的就是一个思维色彩双冲击的惊艳——这道菜吃起来口感还不错，主要特色，我看主要是上眼上相，充当相机手机杀手。

这种视觉心理冲击感，玉溪元江的油炸熟杧果一样具备。做起来很简单，个头不大的熟果，去皮下锅油炸一下，撒上一点盐装盘即可，可惜大碗大盘地端上桌，摆盘缺乏精致细腻，民间有余，“高贵”感不足。青香蕉削皮油炸，心理冲击感与油炸杧果相当，但视觉冲击要弱下去不少，但油炸青香蕉的主要操办地点，是在一个叫作“小燕”的百年杧果林下，气氛不凡感觉甚好。不去表皮，那种青香蕉或者青芭蕉，也可以用炭火烧烤。

咸鸭蛋拌杧果块，我非常喜欢：咸鸭蛋去壳捣碎垫

大理雕梅

凉拌青杧果块

底，盖上一层甜熟的杧果块就好——两种性味八竿子都打不在一起的“烈性”的食材，一旦狭路相逢，不但没有激烈对冲，倒相互客气起来，各自低头顺眉，“勾搭”得恰到好处，直让我想起一句老话：年龄不是问题，性别也不是问题，甚至物种都不是问题。只要有机会，我就会给外地朋友做这道菜，虽然没有元江的金凤凰杧果，但效果不俗，每次都会收获大量赞美。只是发布到互联网手机应用工具上，反应就复杂一些，有人欢喜有人忧。争议激烈起来，有好事者居然认为，这与豆腐脑甜咸之争似有一拼，应当上白宫网站找奥巴马去理论。

至于各种凉拌青杧果丝杧果块、青杧果炒肉，那就随处可见，大路通俗到可以视而不见，见了也不搛上一筷子。倒是元江这两年开发出来的芦荟菜，诸如脆皮芦荟卷、芦荟鸡蛋汤，依然让人眼前一亮。

香橼

说到香橼，先学习一下基础知识：香橼学名 Citrus medica L.，又名枸橼，芸香科柑橘属植物。香橼是植物香橼和药材香橼的统称，植物香橼为常绿小乔木或灌木植物，生长在海拔 350 米到 1750 米的高温多湿环境，主产于浙江、江苏、广东、广西、云南等地，秋季果实成熟时采收。云南西双版纳阔叶林中，有处于半野生状态的香橼。

可以看出来，香橼是一种南方水果，可是很多南方人也不太熟悉，不仅叫不出名字，还老往柚子的方向去联想，但就是不往其本家佛手方面靠一靠。云南一带，香橼除药用以外，主要用来制作果脯，像在滇西北丽江，最受当地人喜爱的果脯，就是香橼蜜饯。

不过最常见的，还是当水果鲜吃。香橼虽然秋季成熟，但只要不去采摘，其实完全可以养上两三年，让果实发育到“巨大”程度，同时果皮也变得黄灿老辣。香橼的外形

成熟香橼

比较复杂，有排球、足球大小的球形，也有尺寸略小于冬瓜的“冬瓜形”。表面有的比较光滑，有的却凹凸疣突坑坑洼洼，思维比较飘逸的，难说会联想到月亮上无边无际的陨石坑。

寻常所见的香橼，绿色为主黄色为辅，吃起来相当方便，切片分解一下即可——整个香橼，除表皮以外，其余全部是果肉，几乎很难发现果核。当然最让人高兴的事情，莫过于吃水果却没有果汁碍手的困扰：香橼的水分，隐于近似海绵体的果肉中，轻易不会外露。这使得香橼的口感有点难于定义，说它柔软，它又爽脆一把，让人心头“咯噔”一下。

香橼的滋味，也在不好说之列，总体来说，香气远远盖过了味道。但一经入口，却感觉不到多少香气，略有一点点甜意，一丝丝涩感，其余不足以道也。也就是说，香橼嗅觉方面的感受，胜过味觉，其中的芳香物，非常“醒口”。用香橼来佐茶，有时候，的确可以重新激活被茶水渐渐麻痹的感官。如果还不满足，那么取香橼一片，涂上一点蜂蜜，一口下去，一定会有什么东西“出窍”的幻觉。

野生杨梅

这个故事有点老土，版本也不太统一，早先却流传甚广：某人生了姑娘，满月以后，把一大土罐杨梅秘制后封好，深埋在姑娘小床的地下，自然发酵，酿造杨梅酒。多年后，姑娘或年满十八岁行成人礼，或出嫁摆酒，某人扛上锄头，刨出那罐杨梅酒，揭开封口，只是一闻，不等一嗓子“好酒”叫出声来，就已经陶醉过去。彼时，恰好有吉祥飞禽比如仙鹤自天空飞过，也被酒香召唤下来。

相当具备杀伤力和煽动性，有没有人如法炮制不知道，但种子一定是播种下了。不要误会，这里说的种子，不是杨梅种子，而是自己动手酿造美酒的种子。播种的地方，不是土地，而在心里。我们云南自酿酒和泡酒盛行，难说就与这类故事盛传有关。当然，革命尚未成功，同志仍需努力——如此好酒，不，应该称为琼浆玉液，从来都是听说过，没有见过，更不可能喝过。从故事流行的时间上推断，故事中提及的杨梅，毫无疑问，绝对是野生杨梅。

昆明周边，杨梅并不稀奇，五月间，近些年引种的大树杨梅，在公路周边的果园中大肆成熟，鲜红硕大，抒发着水果罐头式的饱满和甜蜜。即便野生杨梅即云南矮杨梅，也不少见，六月底七月初，山里的野杨梅秘密成熟，或被人采摘，或被鸟兽啄食，或自由地离开枝头散落地面。

然而，的确有点奇怪，经常漫山遍野乱钻疯跑的人如我，成熟的野生杨梅，却多年没有再见识过——要么时间不巧，要么机缘不到。气味独特的野生杨梅，口感酸涩冲烈，附着性顽固，冲击力极强——一通暴力式的组合打击之后，感官慢慢回过神来，一点或者一片清秀的回味，必然会把一丝甜的感觉，提纯并放牧回舌面，然后从生理到心理，渐渐松弛下来——所谓不经历风雨哪能见彩虹，大概如此。满山寻觅中蓦然回首，如果有幸遇到一颗将烂未烂的熟透者，张口一咬，诡异的汁水喷薄而出时，就有足够理由，把一切大树杨梅清理出队伍，发配进水果罐头行列。

说老实话，这种野生杨梅，在心里面敲完三通鼓，再三蘸裹盐巴后，我也就只敢尝试一颗，但见有人大嚼而面不改色，一定景仰有加——然而一颗就够了，一颗就可以管我二十年的记忆，这种东西，只怕是被那个叫作神农氏的早期农民及巫师，下过重蛊，至今无解。

野生杨梅熬煮成杨梅酱，情况却大为改善，用那种杨梅酱调制出来的蘸水，仿佛饱含山野的灵动飘逸和清秀，不仅可以让食物口感脱俗，并能使我胃口大开，且思维奔逸联想不断。每回到大理一带吃生皮，朋友总是会感慨一下：要是再有点杨梅酱，那就最好不过。不止生皮，很多凉菜的不俗口味，要依赖杨梅酱的积极参与；据说上好的吹肝，其中灌注的作料中，就有一味杨梅酱；祥云人煮谷花鱼，没有点东山杨梅酱，那简直就会鱼将不鱼。

熬煮杨梅酱，看起来却非常简单：大量的野生杨梅宽水熬烂，去渣后再小火收汁，然后土碗放凉冷却成凝胶即成。只是原料与成品，大不成比例，一大背篓辛苦采集的野杨梅，辛苦熬制一通，只得到不算大的一碗。杨梅酱存放经年，逐渐陈化，质地慢慢坚硬，颜色深沉而半透明，手感恍若琥珀，气味沉厚浓郁，似有酒香。那种陈酱，山里的彝人已经不太舍得作为作料，而是水调后外敷内服，当消炎药用。

如果嫌野生杨梅泡酒老土，那可以这样一试：用舌尖舔上一点盐粒，大嚼一口野生杨梅，紧接着大灌一口加苏打的龙舌兰酒——哦，差点忘说了，龙舌兰酒，在我们昆明，俗称墨西哥小清（小清，小瓶装昆明产高度白酒——清酒）。

本地鳝鱼

实际上，准备说起本地鳝鱼的时候，多半本地鳝鱼已经离开本地，远在别处的市场和餐馆里面活动。从更加广阔的背景上说，赏心悦目的稻田水岸、曲折的水库、平静的池塘，本地鳝鱼偏安在那些地方，躲避养殖业疯狂的药物处理，坚守着躲藏与捕捉的游戏规则和默契。

口水将来未来之前说这种话，很煞风景。其实一部分本地人，才不管它本地不本地的，根本是不齿鳝鱼的。理由很新鲜，大有牛器官移植到马身体上之妙，说出来有点让人喷饭：鳝鱼既“黄”又“滑”。如此说来，那么最好不要招惹李清照和陶渊明，人家开口冒出来一句“满地黄花堆积”，岂不是怎一个“黄”字了得？真怕滑的话，恐怕也要小心鸡蛋，弄得不好，鸡蛋摇身一变，就是滑蛋。依我看，真要找理由，还不如直接到地中海东岸一带去取取经，或许会有些收获。

无关地域和品种，所谓本地鳝鱼，只与药物激素和饲料针锋相对，仅在自然状态下缓慢生长，叫作野生鳝鱼都非常贴切。所以，本地鳝鱼出现的时间，一般在四月份到十月份之间。这个时间段，恰好是云南大部分地方，从育秧到收割，水稻的一个耕作周期，本地鳝鱼正是活跃其间的优质低脂肪高蛋白，传统稻作极富诱惑力的副产品。文艺些说，本地鳝鱼，是我们和稻田以及季节交流沟通的重要符号之一。

昆明这个地方，气候有些特别，有四季之分却不算分明，拿旱季和雨季轮值去套用，又有些套不上去，模棱两可之间。一般来说，四、五月份最为干热，正经的夏天，反而因为雨水的缘故，温度不算很高，九、十月份，也会有那么几天干热天气。这样一来，把其他地方盛夏吃鳝鱼的习俗，平移到昆明和云南一些地方来，并不算很合理。我的理解，四、五月和九、十月间，应该是最好的时机，比较应时：四、五月算赶头鲜，九、十月谷子收获，鳝鱼最为肥美。但就目前的形势判断，遇到本地鳝鱼，已经运气不错，应时不应时，倒在其次。

本地鳝鱼的本地做法，说来和湖南一些地方的手法接近，疑似有传承关系：鳝鱼剔骨划块，不弃鳝血，加入干辣椒、花椒、老酱、大蒜、韭菜、肉叶子和一点腊肉同炒，然后着水焖煮，起锅时散上一大把山地薄荷。玉溪、红河一带，这种黄焖鳝鱼，通常作为米线和卷粉的帽子（浇头）。有的地方，用本地小芹菜或者水芹菜替换其中的韭菜，味道各有好处不相上下。至于鳝鱼骨头，也不忍抛弃，油炸酥透后下酒。玉溪通海，用整条干煸成螺线盘状，取名太极鳝鱼，也极有特色。

本地鳝鱼民族版本，也很有些意思。元江河谷里的花腰傣，一般把鳝鱼腌制烘干，结串腊制保存。吃的时候，如果用来下饭，那么切段隔水蒸；需要下酒，就油炸或者炭烤。当地还有个顺口溜流行，大意是好吃不过干鳝鱼。

本地鳝鱼的味道，无须多费口舌，看看那些本地鳝鱼发烧友孜孜不倦上下求索的劲头，就可以略知一二。以我的甩口，一般 1 公斤左右不在话下，最后那点汤汁，一定要用来泡碗饭吃。

黄焖鳝鱼

芹菜鲫壳鱼

鲫鱼，昆明一带叫作鲫壳鱼，“鲫”和“鱼”中间，强行插入了个“壳”字。原因不明，我估计，这和土生鲫鱼的嘴壳鳃帮子比较突出有关，突出不说，只要鱼还活着，嘴壳鳃帮子就会不停地乱动，相当活跃，比较吸引眼球。昆明话里面，嘴一般叫作嘴壳，鲫鱼长得阔脸炸鳃，不壳那么一下，过意不去。鲫壳鱼一般做清汤，作料无外油盐葱姜，传说早年还有放上些芹菜的，菜名就叫芹菜鲫壳鱼。

传说中的芹菜鲫壳鱼，其实在昆明消失了不少年头。找机会问过几个滇味大厨，大厨们高矮胖瘦以及城府深浅，各不相同，面对问题的态度，却大致相当：瞪着眼睛想上半天，抓抓高帽子，脸色稍变，说大约十几年前做过。哪个晓得真话假话？

昆明以南的玉溪、红河一带，时不时，却可以遇上芹菜鲫壳鱼。前些年跑哀牢山，每回路过新平县城，都要吃上几尾田鱼。哀牢山一带的哈尼族和傣族，有养田鱼的习惯，多数就是鲫壳鱼，品种也是当地老品种。虽说是养，鱼苗都不消放，秧田里面放了水，小鱼秧便随水而来，把秧田当作生活基地，茁壮成长。

拿田鲫壳一般用鱼篓，篓里丢些剩饭，秧田出水口一放，鱼就会顺水进去，相当于开鸿门宴。篓口的设计很特别，充分利用了竹篾的弹性，鱼进得去出不来。昆明一带，把这种鱼篓，叫作花篮（昆明话读作花囊），昆明人甚至把设圈套骗人的勾当，叫作支花篮，像我现在神侃芹菜鲫壳鱼，就属于支花篮。晚间的话，可以在夜幕的掩护下去叉鱼，手电筒照上了鱼，鱼眼睛呛了光，有几秒钟时间动弹不得，足够瞄准并飞下去一鱼叉，或者用竹筒伞骨枪射它一家伙。至于徒手拿鱼，那是高手的事情：放秧田水的时候，田鱼最为肥美，趁着水浅，高手两掌张开，逼鱼拢埂，合掌就是一条，照古典小说的说法，如探囊取物一般容易。

田鲫壳拿回来，一般山泉水伺候，冷水煮活鱼。田鲫壳生命力真是旺盛，刮鳞捞鳃破肚杂，一通打理下来，还在那里张嘴壳动鳃壳，昆明人一见，连鱼字都省了，直接就叫鲫壳。活计很简单，一般舍不得给鱼过道油，直接在汤里给点猪油，丢点葱姜，扔上几根打去叶的芹菜进去，打去浮沫，起锅前稍微现一点盐巴。条件许可，最好是用野生的水芹菜，如此一来，鱼肉甜嫩，汤清而鲜，绝无腥气。请注意，这里所说的甜，不是指那种由糖分刺激出来的口感，昆明一带，蔬菜也好，鸡鸭鱼肉也好，材质新鲜、加工又不过度且符合时令，在保证此三原则的条件下，凡是出现本味回甘的口感，统统都称为甜，近似于喝一口上好泉水后的感受。

材质第一，加工其次。田鲫壳剖开肚子后，基本不见黑膜，不必清洗就可以直接下锅。鱼塘里的养殖鲫壳鱼，相比就差距很大，水库里的野鲫壳，稍微可以比肩，还是有些距离，野鲫壳比起田鲫壳来，要清瘦野逸很多，田鲫壳食物有保障，多数生得肥圆光鲜。

昆明原来城市小，城周围夏秋季节都是稻田，五月栽秧，十月割谷子（水稻）。冬天一季蚕豆，要么一季麦子，或者一季油菜。稻田是人工湿地，夏天雨水下来，给稻田涵养住，雨后的地面径流并不大。滇池被昆明坝子上连绵不断的人工湿地环绕着，水在里面一镇，清楚了许多，然后流进滇池。即便是风，在油绿的秧叶间穿插几转，出来都带着清秀，感觉极清爽。

最清爽的事情，要算秧田里就有鲫壳鱼，育过秧的水田中，还有大量的水芹菜，完全就是绝配。可惜昆明坝子里连绵不断的人工湿地，慢慢长成房子和大棚，田鲫壳基本不见，水芹菜相当难找，芹菜鲫壳鱼，不少人听都没有听过。

大气候因素比如全球气候变暖等以外，滇池水质的变化基本影响不了气候，影响大些的，是人工湿地的消失。

蛙中隐士和泼皮小弟

说起食用蛙类来，目前最常见的，应该就是牛蛙。那东西在蛙类中间，算得上航母级别，大腿有炸鸡腿粗细，腱包肉鼓得像施瓦辛格的肱二头肌，一看就是泊来的产品。确实是泊来，来路还相当广泛，亚非拉大联欢都不足以概括，简直就是全球牛蛙大聚会，主要品种有沼泽绿牛蛙、西方牛蛙、印尼牛蛙、非洲牛蛙、非洲大牛蛙。至于聚会内容，不知道有没有涉及碳排放。

不过论起吃来，牛蛙却是俗品，比较而言，形象上傻大粗笨，情绪上多少有些距离感；口感方面略显粗糙，出味、入味都不容易。比起本土蛙类田鸡、石蹦，无论品相、滋味、口感、吃品，还有一些距离。尤其石蹦，自古就是名贵山珍，牛蛙企图望其项背，几无可能，夜夜粗声大气地鼓噪抗议，也毫无作用。值得庆幸的消息是，一些早先受保护的本土蛙类，开始出现商品养殖，其中包括石蹦。

石蹦是蛙中极品，有的地方叫作石鸡、石蛙、石榜，学名棘胸蛙。我怀疑石蹦这个云南发音，就是从石榜转过来的，不过那东西力量很足，叫石蹦倒是比较形象。一个修炼到肥壮沉稳的大石蹦，足可以做两菜一汤：大腿葱姜爆炒，皮子青椒爆炒或者蒜酱黄焖，其余部分做清汤。云南民间通行的做法，一般是开膛破肚不剥皮大块做清汤，作料只要一点葱姜，再来上一点火腿杀腥。野生石蹦，通常隐居在清澈低温的山泉水塘以及溪流小河边石缝中，肤色灰黑暗沉，疙疙瘩瘩，和环境色浑然一体，很难发现。它们昼伏夜出，对食物相当挑剔，洁身自好，只捕食活食，绝不摄取死物。

青鸡其实是田鸡中的某一种，有点像青春年少的牛蛙，青脸绿头身体细长，模样有些吊儿郎当，水库山塘边很多。青鸡皮极臭，肉很鲜。晚上拿手电筒照过去，青鸡眼睛呛了光，有几秒钟时间一动不动，可以相机手到擒来，但必须心灵手巧外带小心，第一时间把青鸡的屁股转向背人方向，否则一泡青鸡尿上身，遗臭可以三日不绝。青鸡剥皮下锅的时候，操作者的牙巴骨，一般会咬到棱角分明。

田鸡比较通俗，是个人都知道。但田鸡却是一个庞大的种族，计算下来不下几千种，涵盖虎纹蛙、黑斑蛙和泽蛙。以云南人民的概念去看待，只要体形颜色不神似蚕豆，都可以叫作田鸡而不会是青蛙。云南一带的田鸡，通常干筋骨瘦，没有多少肉头，多半盐巴辣子腌腊成田鸡干，用来佐酒。如此手法，哀牢山一脉的哈尼人比较擅长。不少人青少年时期，把田鸡作为主要狩猎目标和牙祭对象，但凡提到田鸡，可能会出现比较丰富的情绪。

看来石蹦、青鸡和田鸡，分别属于三个阶层：石蹦是蛙中隐士，仿佛世外高人；青鸡有点像市井无赖，泼皮小弟；至于田鸡，只好算作中规中矩的寻常人等。

酸辣泥鳅

鲜活灵动又刺激的东西，很容易被记住，比如泥鳅，稍微有点经历的，几乎都储存着几个相关故事。俗话说，人上一百，形形色色，其中必有一条几条“滑泥鳅”。拿我来说，只要开始融入一个集体，就会发现，总有某位形或者神不好把握并且腹黑的男性，被大家明里暗里，称之为“泥鳅”，与不限男女“大小狗熊”们对应参照，不时相映成趣传为美谈，进入越传越神的传说系列。至于狗熊的体积泥鳅的心，珍稀极品无疑。

拟完了物，还是回到物，正经说说泥鳅，还是老套路，从“很久很久以前”捉泥鳅说起，恰好那些年，流行台湾校园歌，歌曰：池塘的水满了，我们去捉泥鳅。“捉泥鳅”三个字，可以唱出来写下来，但通常不用于口语，如果要表达手脚功夫的麻利娴熟，我们就说摸泥鳅或者逮泥鳅；要突出场面的动感宏大，那就擢泥鳅。反正就是不能

芋头花泥鳅汤

说捉泥鳅，但有人要去尝试，必定被视为非我族类。另外，我们去对付泥鳅，绝对不会叫上什么“大哥哥”，那样的话，责权利不好划分，产权也不明晰。

顺便说一下，池塘水满泥鳅窝子发，的确是摸泥鳅的好时机，竭泽而渔擢泥鳅，却要等塘将空、水将干，泥鳅集中才好办，水工量小产出投入比高。再滑的泥鳅，一旦集中扎堆，也只能彼此身体相互钻空子，顺便相濡以沫。至于地方，远在天边近在眼前，环城路以外，也就是目前的一环外，凡有水田的地方，都属于产地。像滇越铁路两边，小河流着，水塘连绵不断，算上好的窝子。

泥鳅拿回去，通常要清水调养两三天，让泥鳅内外自净。性子急又懂整的，干脆把两片泥鳅背脊肉剔下来，炭火烤着吃，其余弃掉，反正也不算个稀奇东西。比较主流的做法，要算干炕、油煎，打个鸡蛋调点面粉，还可以炸成泥鳅粑粑。后来我在哀牢山墨江，见人家将泥鳅十个一串，竹签穿好抹上盐，火塘边烘干太阳晒干，做成泥鳅干巴，油煎或者炭烤出来，适合闲吃最合下酒，只恨没有早些见识。

汤煮通常酸辣，偶尔麻辣，配上大量薄荷芫荽，属于正宗下饭菜。至于泥鳅钻豆腐，在我看来，那只是个传说。是个人看见大把的泥鳅，都要过来啰嗦一声泥鳅钻豆腐，表示有见识有品位。只是抖草有人，可以正经打理出来的人，却从未出现。

摸逮擢泥鳅，青葱少年可以操办，毛头伙子就不太好意思。去吃泥鳅却不会不好意思，早先我和几个朋友，最爱去吴井路一家凹糟馆吃酸辣泥鳅。打整的小工，我们叫他“四川”，人勤快脾气还好，他手上的泥鳅，要开膛破肚挑去肠花里胆，再烫白黏涎冲洗干净。遇上不拣嘴的，可以连骨头嚼整条吃下去，不必讲究手法嘴功。还有一点，煮泥鳅的糟辣子，味道相当正，不像寻常市售。多年以后我在外面吃饭，还巧遇过一回“四川”，戴着高帽子，已经拔成了总厨。

后来的事情，也不算意外，泥鳅从我的食谱中消失多年。泥鳅此物，本来就生于污泥浊水接近底线，经不起再有点其他闪失。比如我坚持泥鳅必须鲜活，沾不得冰箱，否则腥气难耐。今年夏天，在大理古城见识了干芋头花煮泥鳅，深埋的泥鳅情结，终于复活，回昆明早早晒好几串芋头花尖，就等几斤山田泥鳅出现。此外，自制的一碗滇西风味杨梅酱，也还一直没有时机，展示下滋味力道。

等来合适的泥鳅，已进冬天。干脆酸辣结合大理干芋头花，实做的时候，一个不小心，搞成了作料总动员：酸味有杨梅酱，辣味有丘北煳辣子、鲜小米辣、泡小米辣、泡姜丝、自制老酱，祛腥提味的有干芋头花、腊肉丝、花椒、芫荽段、韭菜段，最后出锅还有一把薄荷。好在味道还算不错。

捎带说一下，要去除泥鳅黏涎，还有个办法：撒上一把盐巴，稍后清水一冲即可。

鱼肉劲道

说起来，还真的有点稀奇，云南排得上号的高原湖泊，分别密集分布在滇中和滇西两个区域。从地图上看，有点像两串巨大的脚印，平行排列在高原上中部和西部，很能激发些想象力出来。

中部那一串脚印，排头的是滇池和抚仙湖，一个面积云南第一,一个蓄水量云南第一。西部的一串脚印，排头的是洱海，面积和蓄水量都排云南第二。茈碧湖面积不大，隐于滇西那串脚印当中，一般的云南省地图上，几乎看不出个所以然来，但茈碧湖所在，就是洱源坝子，毫无疑问，就是洱海源头的意思。茈碧湖水要注入洱海，再出洱海经由澜沧江也就是湄公河，最后注入大海。不难判断出来，云南鱼出滇中和滇西。

春节重吃喝，如果不想再重复测试身体对酒精的耐受力，那么解药之一，可以去大理一带，测试一下对酸辣鱼的耐受力。据说修为好些的吃客，一天两顿酸辣鱼，十天半个月下来也不厌烦。以我为例，虽然谈不上什么道行，但连吃一个星期后，看菜的时候，第一时间眼睛还是会扫向蓄鱼池。大理一带吃鱼，最普及的吃法，要算酸辣鲫壳鱼。洱海周边不说，洱海往北的洱源、剑川、鹤庆，甚至北到丽江的拉市海，都不乏酸辣鲫壳鱼，只是配料不尽相同，本着就地取材的原则，鹤庆一带用上了猪肝鲊，拉市海周边加进去腌蒜薹。回味再三，还是觉得茈碧湖边的酸辣鲫壳鱼，味道最愉快。

其中的酸味，形式多样，或单纯或复合，复合的居多，原料常用木瓜、梅子以及糟辣子（腌制的酸味红碎辣椒）。木瓜和梅子，随季节就方便，干鲜均有使用。不见木瓜、梅子的时候，那多半是采用了木瓜醋和梅子醋。各有各的特色，像有的人家，季节合适，酸辣鲫壳鱼起锅前，还要散上一把青豆米进去，除提味以外，还有增色。虽然各家的做法略有差异，一般常用木瓜醋、梅子醋、干木瓜、炖梅、糟辣子这几样，有的还几样复合使用，像我最爱去的一家，就是木瓜醋、梅子醋、糟辣子，复合使用。

实际上这期间人工紧张、材料或缺、吃客汹涌，可能是一年当中，餐馆菜做得最糟糕的时候，酸辣鱼却没有多大问题，熟能生巧，熟练到睁一眼闭一眼都不会走样。即便走样，问题也不大，要知道，虽然每家做鱼的方法大同小异，见风味的地方，就在小异当中，稍微走一点样，不过是从这一家走到那一家。

大同在于材料，小异无非工艺。主料不必啰嗦，当然是茈碧湖的鲫鱼和鲤鱼；配料也不复杂，梅子醋和木瓜醋大致一比一，糟辣椒泥和干辣椒面还是大致一比一，然后再来点香油、盐巴，葱姜蒜和芫荽自然必不可少。而工艺几乎不胜枚举，诸如这家鱼要先稍稍过一下油，那家直接下冷水煮，都算得上是正招，各有各的风味。要是人家洒一点黄酒进去，也不必奇怪，算是新派做法。说到新派，其实为游客煮鱼的时间，已经大为缩减，以求鱼肉鲜嫩回甜，入口润滑。传统煮法，时间要来得长一些，汤汁收至浓酽，鱼肉煮到劲道，湖边的一些饭馆，通常会固执地坚持此法。

茈碧湖水质不错，湖岸山体上却挂不住高大的植物，满眼都是青黑的岩石，相当枯燥。不过这种枯燥却像是为湖岸最北边的梨园所准备，为一年一度成百上千棵梨树的盛大绽放专门设计。梨花一开，梨树枝桠老辣，梨花轻柔不俗，小风过后，空气中花瓣飘落缥渺迷离；大风既来，则洋洋洒洒漫天飞舞。如果在梨花下吃酸辣鱼，不来点特别些的做派，恐怕自己都过意不去。

特别些的做派，当然是渔家的湖心冷水煮湖鲤。最好垒石为灶，柴草举火；鱼打整干净，切块放入冷水锅中，扔进去几颗大蒜，大火烧滚。水要放到恰到好处，等到浮沫大肆涌出，取根草茎一刮即去。这时候就到了要紧地方，要在汤水翻滚得最汹涌的水泡上，注入一线生香油，以便香油可以透熟而没有生腥味。汤水收到依稀见鱼块，便撒入辣椒面下姜块揉进去些葱段，以及必需的木瓜片、腌梅子和盐巴，然后撤柴改大火为中火。汤汁收到过半，撤中火成小火，让汤汁慢慢炖收到几乎见底。

整个过程大约需要 2 小时。这时候的鱼肉，俨然已经具备高原黄牛肉一样的劲道，夹起一块高举过头顶，松手一放砸下去，也绝不会散开，落地动作堪称完美，裁判完全应该打出高分。

羊肉薄荷和茶叶

羊肉配薄荷，那肯定没有问题，再把茶叶扯进去，似乎风马牛不相及。

西南多山羊，而西北一头一脸的绵羊。两相比较，山羊外形精干毛短且油光水滑，绵羊似乎终年都披挂着一身灰脏兮兮的大棉裤；山羊毛色不黑既黄还有褐，绵羊单纯白色；山羊活泼，几乎什么都吃；绵羊沉静，食物种类相对要少；山羊肉质紧密味重，绵羊肉质细腻清淡。肉质的差异，估计与性格差异、食物差异有关；与毛色差异应该也有关系，山羊的毛色，更利于吸收紫外线。说羊肉是肉类中的朗健君子，我看还是绵羊比较合适，山羊毕竟脾气大了一些。脾气大而肉质密，山羊肉并不太适合烧烤，烤出来多半外焦里韧。以山羊去烤全羊，不知道应该叫作东施效颦还是邯郸学步，要证明自己牙好胃口也好的，另当别论。

脾气一大，需要抑制；何以抑制，无非作料。云南一带处理山羊肉，一般连皮烧刮后才行炖煮，或汤锅或黄焖。至于羊肉火锅，多半是汤锅以后的羊肉再度分流加工。炖煮羊肉，比较讲究一整副，即便分解，骨、肉、头、蹄、杂保持一副齐全，滋味才来得丰富醇厚。富含胶质咬口爽脆的带皮羊肉，最受推崇。而无论汤锅还是黄焖，都需要大把的作料，传说早年竟有人为一只山羊的味道计，不惜以另一只山羊为代价，去换取几颗云南以南越南出产的草果。当然还有其他变通，比如云南山里的彝族阿老表，烀山羊肉的时候，土锅里面，往往会扔进去几颗野坝子。山羊肉出锅，对大多数云南人来说，还不算大功告成，还要添加些新鲜的作料进去，其他作料可能或缺，一把薄荷，肯定少不了。

那把薄荷，通常是绿薄荷。这里说的绿薄荷，并非颜色，而是品种。要知道，薄荷这种植物，其实是个庞大的家族，稍微科学一点来讲，那是个唇形科植物家族，刚才说到的野坝子，刚好就位列其中。云南有的地方，干脆就把野坝子叫作野薄荷。嗯，如果有人非要认为野坝子和绿薄荷间的差别，相当于山羊与绵羊，我也不好意思极力反对。绿薄荷一般采用顶尖那部分汁液充分的鲜嫩茎叶，吃山羊肉的时候，用量很大，清理和清洗起来，是件很劳神的事情。绿薄荷还不一定只是配角，薄荷炒鸡蛋，已然是女主角，到了凉拌薄荷，那就是大姐大。

绵羊肉似乎不必用薄荷，绵羊肉的快捷方式，叫作涨水肉，也就是用白水煮到水涨断生即可，属于手抓羊肉的一个分支。绵羊肉一律剥皮，根本见不着连皮烹煮的。西北一些地方比如青海草原，水温不超过 90 摄氏度，已经大涨，即便这样，还是可以让羊羔肉出落得鲜嫩多汁，并且不容易感觉出腥膻。至于作料，盐巴必不可少，辣椒因人而异，大蒜最为常见。西北有谚语，说吃羊肉没有大蒜，相当于没有吃。大蒜一般还不预先剥皮，更不要说捣泥，直接连皮整碗上来，现吃现剥皮，一颗蒜整吃，风格泼辣。我估计这样做的目的，是防止挥发保持蒜味为主。云南吃羊汤锅，可能也有大蒜的参与，不过一般要切粒捣泥，放进蘸水里。辣椒在西北基本上都是油泼辣椒面，辣度还可以，当然比起云南来还有不小的距离。云南则偏好煳辣子——整只的干红辣椒埋进火塘灰中捂到煳香，然后捣末，再撒进汤肉里面或者蘸水里面提味。煳香的辣椒如果用手捻碎，那就叫作手舂辣子，云南乡下最喜好如此办理。

绵羊肉即便贵为君子，也并非一点脾气没有，此话但有不服气的，可以青海、甘肃一带一连吃上几天，可能脾气就下来了。但君子就是君子，非常沉得住气，不像山羊肉那样直率刚猛，非要用薄荷等阴柔物马上去安抚，完全可以等待稍后茶水调整。绵羊肉细腻清淡不假，油脂含量却远高过山羊肉，在那些一年与蔬菜打不了几个照面的地方，非常有必要用茶水去腻开胃。其实西北也出茶叶，但仅限于甘肃陇南等极少数地方。青海一带，远道而来的茶叶，最大宗的要数来自湖南的茯茶，那种块头巨大极耐储存的砖茶，几乎每家人都藏有一柜子。普洱茶青海俗称窝窝茶，应该是指普洱茶中的沱茶，据说因为昂贵，非常罕见，一般人家肯定没有。我在一些僧侣的住所里仔细查看，居然也没有发现，但只要一提起窝窝茶，人家肯定都知道。

不知道茯茶产地属不属于起源青海的长江流域，云南茶叶最主要的产地，恰好就在同样源起青海的澜沧江流域。茶叶从中下游产地大量回到上游源头地区，确实是件很容易引人遐想的事情。有意思的是，在云南，山羊肉主要的生产消费者彝族，据说同样源自青海。

那里茶叶一般烹制，绝少冲泡。烹制方法说来复杂，不单酥油茶，那是一个系列，基本套路用古人的话来说，就是“以姜、椒、桂和烹而饮之”。从字面上看，姜、椒、桂——什么辣的麻的甜的，性热的性凉的都有，五花八门，甚至会加进去盐巴和油脂。如果把“姜、椒、桂和烹而饮”看成个大箩筐，匡算下来，那么秦岭以南、长江以南的一揽子茶叶传统烹制方法，大约都可以匡进去，不过其源流还有待细细梳理。这些烹制方法，多半使用小型陶罐为器具，不少地方，干脆就叫作罐罐茶，比如云南大理的烤茶，以及云南丽江永胜、华坪一带的油茶。甘肃陇南和陕西汉中，类似的方法，也相当常见，称呼也叫作罐罐茶。在青海湟源，我特意跑到村子里面看煮茶，见茶壶里面，除必需的盐巴以外，还有其他配料，比如几片干薄荷枝叶，或者几片干藿香——虽然姗姗来迟，薄荷终于出现。对我来说，那茶水的味道并不难接受，但凡添茶欣然受用。同去的几个，却不耐茶力，均作张口蹙眉状暗示无奈，好像喝的并非茶水，而是藿香正气水。

不过人家的薄荷，并非云南专吃嫩叶新尖的绿薄荷；那种薄荷植株高大，紫色花穗，风格老辣好比山羊肉，看起来比较接近云南的野坝子，我估计八成会是一种叫作花椒薄荷的品种。至于藿香，秦岭以南陕西汉中一带很常见。云南这边，刚才说过的丽江永胜、华坪一带，就相当欣赏那个东西，欣赏到可以直接凉拌着吃。

差点忘说了，藿香还是唇形科的植物，姑且可以算作薄荷一族。其实我还想表达另外一层意思：在吃羊肉这个事情上，云南靠蘸水，西北靠茶水，但不管蘸水还是茶水，其中可能都少不了薄荷的事情。

臭参排骨土黄天

“土黄天”里雨水过多，老派些的云南人，一般把这种天气，叫作“烂土黄”。像有一年，从十月下旬到十一月上旬，也就是从霜降节令前两天到现在，就没有几个稍微正式些的晴天出现，雨水几乎不断，雨量不大但频繁，气温掉得厉害，昏天湿地，是典型的“烂土黄”。遇到“烂土黄”，整个十一月上旬甚至到中旬，大多会是这种带雨具着冬装的坏天气。

要说清楚“土黄天”是个什么来头，有多少说道，真还不是件容易事情，单一个“土黄天”的起止，说法就很多——有说是从霜降到立冬前后的十来天。有说应该从霜降到小雪以后，差不多有一个月时间。这些说法，当然都有各自的道理。云南的气候，地区差异外，就是同一个地区，海拔高低不同，差异同样存在。“土黄天”这段时间，季节更替，暑往寒来，草木凋萎，山色土地枯黄黯淡，影响气候的因素，相当复杂。以旧历去计算“土黄天”，确实不大方便，大可以简约换算成公历：十月下旬到十一月中旬，秋冬交接期，就是“土黄天”。一般来说，“土黄天”雨水较多，气温较低。

“土黄天”的提法，比较直观，到了“烂土黄”，就有些情绪在里面，怨天骂地的意味，想不看出来都难。是啊，大下麻雨，暗无天日，一派阴冷，居家出门，极其不便，人非圣贤，哪里会没有点情绪？这种情绪，早在明代知识分子祝允明那里，同样强烈，阴郁的梅雨季节里，他给朋友发出了这样一封短信：风是风来雨是雨，出门走在山路上，恐怕帽子会倒霉。牙齿不舒服，疼起来真要命，不敢多喝酒，但也不能整天抱着脚窝在家里，和“淫淋”面对面耗下去吧！驼蹄已经炖熟了，中午过来，一起喝一杯。

坏天气在祝允明手上，成了“淫淋”，和“烂土黄”相比，的确是要文雅些，但也跑不了是个骂。祝允明对付坏天气的办法，和云南人家的做派，几乎一样，云南人家到了“土黄天”，也不外下些厨房功夫，炖上点什么，尽量掌握住可以掌握的温暖——大气候不行，那就拉动内需，补补身体，准备过冬。

但凡一不怕苦二不怕死的，炖草乌烀附片；不在乎热

排骨臭参

重上火的，焖香肉，也就是狗肉。而大多数人家的厨房里面，却是臭参炖排骨特殊的气息四溢。好东西有个坏名字，这种情况在云南还不少，像这个臭参，完全可以理解成云南以及川南藏东特有的土著党参，和北方以及日韩的桔梗，也有亲戚关系。臭参根茎一旦切断，黏稠的植物胶质立刻泌出，一经加热，参段浓烈的药草气味，随即转化为浓郁的芳香——云南滋补时节里，很常用的垃圾文件清理工具。

臭参温和顺气，口感柔和软糯，正好可以化解坏天气里那一肚子无名怨气——何以解忧，排骨臭参。

啰嗦两句，祝允明《与文贵书》：“登高落帽，皆为风师雨伯阻之。虽病齿少饮，安能郁郁抱膝坐屋子下对淫淋乎？驼蹄已熟，请午前来，呼卢浮白共销之也！一笑。允明顿首。文贵兄足下。”

羊肉散说

云南虽然遍地羊肉，昆明周边，也是羊肉餐馆绕城散点分布，可一年还是吃不上几回。散散想来，可能因为肉友稀少，难得吆五喝六嚣张聚吃。独食吃过几次，总体感觉很难尽兴，仅仅聊胜于无。

吃羊肉这个事情，多半属于集体项目，多年同乐乐陶染下来，已经很难回到独乐乐。其实炖羊肉也一样，部分单做，远赶不上整只处理来得有滋味有感觉。肉友一旦相逢，分外嘴馋眼红，只恨肉少汤浅，酒肉都以公斤计数。吃完稍有余韵，老感觉不够满足，寄希望于不知道猴年马月的下回。一言以蔽之：羊肉是吃不够的，并且还是吃不怕的。

话说老了不好。前两年跑西北，甘肃兰州、青海西宁一线，一周七天羊肉洗礼下来，已经略有肠肥脑满饱和感。有天朋友夫妇请吃饭，我见三个人要对付满满一桌子十几样羊肉，以及一两个应景蔬菜，终于骆驼遇见溃崩前最后那根稻草，精神涣散彻底失去吃动力。西北羊肉基本是绵羊，肉质细嫩油水丰富，吃最讲究鲜嫩，比如牧区水涨可吃的“涨水肉”羔肉。比较云南山羊肉，区别算得上“巨大”。山羊肉紧密筋道味重，论吃推崇羊“大”，一旦“大”到五六十公斤的大羯羊，已经属于一等一类的上选。

云南的山羊肉，除讲究做法以外，也讲究出羊肉的地方，比如产地海拔多少、气候如何、植被怎么样。顶要紧的一项，要算水质如何。我吃到上好羊肉的地方，水质这一块上，都还有些说道：如果某山区山泉水矿物质含量极高，甚至还有某些特殊物质，那么该地的山羊肉，优秀的基础，八成已经具备。

昆明玉溪交界带刺桐关以东，有个出进都不容易的小村庄，叫作“酸水塘”，满山遍野都是沙壤。水往低处流，按地质界一个朋友的说法，那股气泡密涌白花花的山泉酸水，和玉溪北城俗称“涩水”的地下水，其实是同类项，干脆些说就是一股水。玉溪北城的涩水，当地人喜欢用瓢壶舀出来，放点红糖或者酸角糖泡着喝，酸涩有味口感不错，据说还可以助消化。一些娃娃不明就里，以为地下现成涌出的酸角汁，引以为傲。

的确助消化。每到酸水塘，别的不说，大的感受就是随时肚子饿，一顿饱饭，很难管得过两三个钟头，水不是一般的刮油。酸水塘的山羊肉，周围团转算是一绝，其中盛传的道理，就和那股水关系密切。有回去玩，实在是馋急了，凑钱央求熟悉的放羊老人杀只羊来吃，老人心好，坐在羊圈附近长考了起码半小时，最后放倒了那只最大的羯羊。

按山里彝族的传统做法，羊肉一定要带皮，也不长时间漂洗，连肉带骨头砍切成大块，配点草果、辣椒、花椒等作料，菜籽油烧热，猛火大铁锅炒出香味，便现水进去焖煮。那天早上杀羊，中午炒羊肝羊血汤，下晚四点出头，羊肉已经焖好。不要嫌多只恨不够，一只大羯羊，除头蹄杂以外，同去的加上老人一家以及闻香而至的，二十几个人吃喝，居然 2 小时不到，我去灶房大锅中想舀碗浓厚热汤，发现已然告罄。

无独有偶，有回跑楚雄牟定，同样遇上了绝好的黑山羊肉。牟定羊肉周边有些名气，据说也因为水质好；牟定有座化佛山，古树老藤遍生，还出不错的绿茶。化佛山多山泉，山泉富含微量元素。按当地人的说法，山羊喝了那股水，羊肉鲜香不说，还不腥不膻。那回炖了五六只羊，有清汤有黄焖，清汤汤白肉甜，黄焖加了当归浓郁醇厚。同去做客的一个昆明小姑娘，号称绝对不吃羊肉，甚至味道都闻不得，可是那天，我亲眼见她连吃三中碗黄焖肉。有点搞的事情，最后还是发生了：小姑娘吃饱喝足，一脸的天真无邪，一嘴的“童”言无忌，大声问道：真的太好吃啦！这个是哪样肉啊？

如果没有点特别的手段，以山羊肉的肉质，想抢绵羊肉的饭碗，鲜肉火烧炭烤出来，不见得会好，略有暴殄天物的嫌疑，我参加过多次“烤全羊”聚会，几无例外。最夸张的一回，三十几个壮男猛女，眼睛大肚子小，相互推肉让皮间，竟然连一只中等偏小的烤羊，也没有火色全歼。山羊干巴却不然，腌制发酵以后，浓香收敛结构改变，适合炭烤。

干巴此物

要说云南一年中平均气温最低的时候，一月份无疑，一月份节气分别是小寒、大寒，据说冷艳程度远超小乔、大乔。

其余不论，天寒地冻的好处，至少不利于微生物繁殖，适合腌腊，尤其是腌制干巴。首先需要知道，干巴此物，在云南，地不分南北东西、人不论民族，都深受喜爱并擅长制作。虽然干巴云南遍地都是，但要讲清楚什么是干巴，还真不是件容易的事情，首先干巴这个名称，就让人费解，好在昨夜我有南柯一梦，可以稍作解读。

遥想云南当年，不是魏晋起码是西汉的时候，少数民族初见汉地来客，马上展露出热情好客的天性，载歌载舞摆酒请饭以外，还非要学几句汉语以示不分彼此。但不是人人都极富语言天赋，当年的少数民族，和现在不少老外一样，口齿并不那么清晰，比如“ch”声就发不着调，憋到脸红难受不好意思，干脆另打主意谋学习，让汉地来客另找词汇替换，比如把吃饭就替换成“干饭”。料想彼时汉地来客，简称汉客，断不会操一口流利的普通话，但实在无法穿越回去，即便使用一下某些手机应用，其音容笑貌已无从回放。还好，还有汉地来使，简称汉使。

话说某天某地大头人大宴汉使——先前大头人“锅庄”舞跳得太热烈，山歌也“吼”得太嗨，身体有些发虚，声音有些变调，肚子也有些饿了，落座之后，本来想招呼汉使“干饭吧”，却变声成“干吧”。当时大头人也没有太在意，说完边动手抓了块肉大嚼起来，边点头向汉使咪笑。汉使的注意力，全在大头人的一举一动上，大头人一动汉使便随，也抓了块那种肉大嚼起来，还不忘向大头人回报点头和咪笑，并不乏机智喝彩道：好干巴，好干巴！

后来的事情发展，就属于酒桌上的发展：宾主在热烈友好的气氛中频频举碗，又在和谐误解的畅谈中，把那种肉块的名称，确定为蛮汉通用的“干巴”，并约定让汉使带上些最好的干巴回去，献给汉地的大头人——皇帝陛下。头人还酒后吐真言道：如果需要，随时都有。

汉使的出访报告，具体文字和实物一样，早已泯灭于时间的长河当中，但依然有不少流言蜚语，仍旧不断在江湖上

烤干巴

边地干巴

传播，用现代汉语写出来，歌词大意是这样的："南蛮"的干巴，相当不错，带了些回来孝敬您老人家——事情经过，大概就是这样的。至于皇帝喜不喜欢，我估计没有，干巴在汉地没有流行起来。天高皇帝远，汉使一路跋山涉水栉风沐雨回去，干巴一定没有像大叶种绿茶发酵成普洱茶那样，孕育出独特风味。

说了半天，好像也没有太说清楚什么是干巴，那好吧，现在浓缩总结一下：干巴是一种古典肉类保存技术，即以盐为主的腌制并干制肉类，大致风格，可以分为哀牢山以北高黎贡以东的"北派"和哀牢山以南高黎贡以西的"南派"。北派制作的干巴单位体量较大，主要材质为牛羊肉，主要配料就是盐巴；南派的单位体量较小，材质涵盖地上跑的、水里游的、天上飞的，几乎无所不能制作干巴。这一带叫作"干巴"的腌制品，五花八门难以列举，常见的还有羊干巴、毛驴干巴、小雀干巴、田鸡干巴、鳝鱼干巴，以及一些非饲养动物干巴，本乡本土的，多半知道一点，后缀上"你懂的"三个字，大约就可以意会。

其中的大项目，当然是牛干巴。牛干巴在云南，至少也有三大流派，哀牢山以南以西和高黎贡以西的热带、亚热带流派，滇西北的高山牦牛干巴流派。这两类干巴，一般单块体量不大，腌制中使用的辅料种类较多，尤其是前者，甚至可以多达十几味。变通也有，像藏区牦牛干巴，冬季制作，就比较接近“风干肉”，配料很少，盐巴而已；热天制作增加配料，避免变质。

最深入人心最普及的黄牛干巴，遍布上述两个区域以外的云南大部分地区，属于清真风味，具体来源很难考据，估计是外来饮食风格与云南海拔气候条件相结合的产物。原料通常采用整块肌肉组织，一头黄牛的大块肌肉，通常可以分解成十二对二十四块，还有不同的术语加以称谓，诸如净瘦的“饭盒”、表面一层脂肪层包裹的“里裆”，还有“三角”“弯刀”“里脊”“外脊”“外白”“膀子”“暴骨”“大钻包”“小钻包”“锥子”“小棒头”。这些保留着肌肉膜的大块肌肉，有的净瘦，有的覆盖壮脂，单块体量较大，需要晾干表面水分后才能腌制。腌制的时机，一般选择月亮较小的“月黑头”天，天气较冷昼夜温差较大，容易腌制成功；腌制辅料，仅有食盐，用来反复揉搓肉块，然后入瓮腌制半个月左右，取出晾晒，直到干透。

上好的黄牛干巴，滋味了得，也难怪云南本土呼声最高香气最烈的野生菌，就叫作干巴菌。个人来说，我最喜欢牛肩头肉腌出来的干巴，脂肌相间香润接合，其中妙处，不去尝试一下，恐怕很难体会出来。干巴的好坏，以能够适当保持水分、长期保存不柴不硬为宜，且盐分适中。

这一类型的干巴，烹饪以切片油煎为主，并衍生出“油淋”“糖醋”。新鲜一些的干巴，自然可以切片加料爆炒。有年一位朋友操办糖醋干巴，净瘦的干巴薄切成片，过油受热成卷，浇上滚热的糖醋汁后稍微冷却，入口竟然像汽车挡风玻璃受伤那样自然爆裂，叹为“吃”止。干巴也可以煮过后切片，要领是不能再放盐。油煎以外，山区处理牛干巴，经常炖煮，煮后切片直接热吃凉拌或者再行回锅焖炒。

牛肉以外，山羊肉较大块的肌肉如后腿肉，也可以如法腌制干巴，烹饪方法近似，只是山羊肉近年价格高企，鲜吃为主，少见腌制。一些少数民族生活的高寒山区，不时可见。

受气候条件的限制，热带、亚热带流派干巴，通常要把大块的肌肉分解为条状，调料由盐巴扩展到辣椒、花椒、草果、八角、茴香、砂仁等诸多香料。配料以外，还要配合使用烟熏法，以便快速腌制成熟。较小型的材质，则整个腌制，比如小雀干巴、田鸡干巴。这类干巴，可以油煎适合烧烤，烧烤以后还可以加香熏提味料舂捣，方便食用，口感层次丰富。河谷炎热地带，常见此类干巴。这一类型的干巴，牛羊肉以外，取材广泛，几乎可以涵盖当地所有肉类。干巴的内涵外延，模糊含混，想用汉语精确表述，有一定难度，这也是开头那一段“戏言”的缘由。毕竟这一区域长期属于“非汉语状态”，人家所谓的干巴，并非你我的干巴。

至于滇西北的高山牦牛干巴流派，与西藏、内蒙古一带的风干肉相似，理解起来相对要容易一些。这类干巴，如果多加调料调整口味，工业法烘干，与大家熟知的牛肉干，区别不大。

彝家坨坨肉

有彝人的地方，就有坨坨肉。彝人是坨坨肉的缔造者，彝山是坨坨肉的根据地，牛、羊、猪、鸡、鸟都是坨坨肉的原材料。彝人近山，西南诸山，比如大小凉山、绵绵山、乌蒙山、拱王山、梁王山、清水朗山、无量山、哀牢山，山山彝人。

落案有声，拳头大、膀子粗的坨坨肉端上来，不待抬眼，还没有动手，爽快豪迈的气势，已经罩上头顶，然后往房梁方向升腾而去。稍微明白些的，为彝人的雄强而动容，不知道的，会多少回忆起一点《水浒》中的英雄豪杰来。

古代是回不去了，古代的样子，甚至比未来的景象，更能唤起心跳和语感。替古人担忧，那是知道结果放宽心的担忧，事后诸葛亮指点江山，简易而不难堪。思古的幽好，落到坨坨肉上面，上手进嘴，亲切质朴，单纯的香味和准确的口感，跨朝越代爬山翻岭过来，让那些看不见摸不着只可言传很难意会的时间，渐渐温润起来，生动起来，最后扑面而来，转而去往心脏和大脑方向。

那些被坨坨肉砸得吱吱作响的粗笨桌几，一张又一张，在时间的指掌间碎为齑粉，坨坨肉砸出的余音，仍在嗡嗡作响，回荡在彝人的土掌房中、三角铁旁、火塘边上，萦绕于彝家山寨林村间。

所谓坨坨肉，实际上就是清水煮出来的大块白肉，冷水猛火转慢火，不施作料，肉块刚刚透心，正好在生熟的临界点上，鲜味和嫩度配合到最恰当的时候，捞起来簸箕中沥去水分，然后撒盐颠簸即成。盐分伴随着肉块降温收缩深度渗入，提鲜镇腥出味，是施盐中的妙手。

坨坨肉的作料，最初仅有盐巴，类似的手法，远在西北的青海，有涨水羊肉可以作为参照，彝人的祖先古羌人，当年正是活跃在那一带。目前通行的作料，早就已经不止盐巴，配合盐巴撒进去的，花椒、煳辣椒、葱花、蒜泥、薄荷、野薄荷，都有涉及，比较丰富。出木姜子也就是山胡椒的地方，鲜果也好干货也好，汤锅里面撒上一把，滋味来得更加纯正厚道。

凡彝人看得上的肉类，都可以作为坨坨肉的素材，最好带皮连骨，间肥带瘦。健牛、羯羊、嫩猪、壮鸡、大鸟，隆重程度也依此排序，风味则各有妙处，不便比较。不管牛羊猪鸡，必须品种土著山野放养，出落得筋骨强壮肉质劲道，才能够保证坨坨肉特有的风味。比较常见的，通常是嫩猪煮出来的坨坨肉。

嫩猪宰杀后，并不滚水褪毛，而是松毛或者麦草烧去猪毛，快刀修理干净，以松毛或者麦草皮余烬炙皮。快烧慢炙，炙后修理干净再炙，直到嫩猪通体明黄略带褐色，且焦香洋溢，这才开膛破肚仔细处理。

逢年过节聚会有喜事来客人，按例会有坨坨肉，坨坨肉是彝家酒席上的大菜一道，进城打工的话，可以换个马甲叫作彝家傲。彼时吃下去的是坨坨肉，大快朵颐间，好像虚空中也横飞来结实的一皮坨（拳头），结结实实砸在唇齿间肠胃间，结结实实砸在心头：一手坨坨肉，一手执烈酒，看看周围彝人线条明确的面庞高大的身材，再抬头看看不远处雄健的大山，胸中那口豪迈的气流，再也按捺不住，突然就抬起头来，大块吃肉大碗喝酒。

油底肉

油底肉、油炸肉或者油缸肉、油罐肉，只是称呼不同，其实都是指一种东西：腊月制作，油封保存，可以吃上一年或者更长时间，通常滋味好坏与保存时间长短成正比。腊月间在云南一些乡村行走，想知道哪家已经杀好了年猪，正在深度操办，不必登门进院，只要用鼻子在外面一闻就可以了：哪家的院子中散发出浓郁的油香味，略微带出一点源自肉类的焦香，那么可以确定，那家正在做油炸肉。

油封保鲜法中，油底肉在云南分布较广。油底肉据说是古法，早先盛行于金沙江上游区域，也就是四川西昌攀枝花和云南丽江楚雄交界的川西南和滇西北偏中一带。那一带有个明显的气候特征，高山寒冷河谷炎热。河谷地带，早先保存食物，确实是个大问题。和茶叶的情况有些相似，油底肉的制作方法，甚至附会上了诸葛亮，传说是其率部南征云南一带的产物。

简单些说，所谓油底肉，就是生猪宰杀后，炼制猪油的同时，把一些预先盐腌过的肉块置于油锅中，炼去大部分水分，最后沉在油缸底部保存。下锅前，肉块一般分解成 1 公斤大小，最好见瘦连肥带皮；这样的肉块，炼制好收去多半水分以后，在油缸中慢慢发生轻微的变化，内部组织也慢慢松弛开来，最后瘦香肥化皮糯，还没有油腻感。

油底肉可以直接油炼，还有一种方法，肉块先煮熟盐腌，然后控去一些水分，再下油锅历练。当然，论口感和味道，还是直接油炼来得更好，香味更浓郁。来年杀年猪前，头年的油底肉，已经完全熟透，取出来沥去包油，切片吃就可以，要是放在蒸笼里面隔水蒸，单是飘散开来的香味，就相当有杀伤力。当然，材质第一，加工其次，油底肉的好滋味，主要建立在山区放养土猪的基础上。那种土猪，一般要饲养上两年，最起码也要一年以上。

云南曲靖和红河北部一带，油底肉也比较常见，只不过换了个马甲，叫作油缸肉或者油炸肉，肉块也小一些。那一带在云南位于滇东偏中以及滇中偏南，算是经济比较发达的地区，农耕技术也在先进之列，除非深山区，传统的放养土猪，已经比较罕见。但即便是新品种的洋猪，农家养来自己吃的，一般不喂工业饲料，青饲料如红薯、苞谷、土豆等供养，年份也在一年以上，甚至两年左右，油底肉出来的味道，也照样不错。

有意思的是，传说曲靖一带，就是七擒孟获的发生地，这足以让油底肉的诸葛亮品牌说，平添了些新作料。其实是不是诸葛亮品牌倒不那么重要，隐藏在后面的消息是——油底肉可能还是在上述地方使用的中原古法，例子是汉文化较早进入云南的所在——位于滇西的保山一带，油底肉照样通行。保山和曲靖的陆良，一个滇西一个滇东，两个隔山隔水相隔千里以上的汉族聚居地，口音的相似程度极高，除非相当熟悉，即便云南人，也难以区分出来。保山话俗称“小京腔”，这个“京”，应该是指南京。和很多云南汉族一样，不少保山人家的家谱和神龛上，会出现这样的文字：祖籍南京柳树湾高石坎。

每年腊月，保山施甸人家杀年猪的时候，配合炼制来年吃用的猪油，几乎每家都会做上一罐或者几罐油炸肉。遇上各种忙碌，油炸肉是一种方便快捷的主力肉食，打捞出来切片稍微一蒸即可。其次一年中突然来个客人，复杂的菜一时来不及操办，派油炸肉出场上桌，客人通常会喜欢，主人家也不会失面子。不过我觉得还可以稍微变通一下，比如搭配上一些合适的蔬菜装盘，视觉效果要更好，口感也会丰富些。

当然，杀了年猪，一般要摆上一桌或者几桌饭菜，请亲戚朋友过来热闹一下，交流一下，名义就叫杀猪饭，类似于春节前城市里面的年饭。施甸杀猪饭的招牌菜，当推各种风格的拌制火烧肉。

云南火腿地图

有关老昆明的饮食，汪曾祺先生写过不少，何炳棣先生文字不多，稍微那么指点了一下江山。巧的是两位西南联大出来的牛人，所见略同，都提到了火腿和乌鱼，只是说法不太一样。不一样的地方，主要有两处。

何炳棣《西南联大时期的昆明饮食》：我祖籍是金华，食品中最足自豪的当然是金华火腿了。但我必须承认如果光吃火腿片的话，宣威腿或许要胜过金华腿，尤其是昆明绥靖路东月楼的“锅塌乌鱼”（纯凭拼音而不知原来“乌鱼”是哪两个字）。这道连李伯重先生（昆明人，中国经济史方向权威学者）都不知的名菜，事实上是取宣腿最精嫩的部分切成薄片之后，裹以粉浆，像北方软炸里脊那样炸成的，但至今屡求仍不得其解，何以叫作“乌鱼”。

汪曾祺《昆明菜·火腿》：一道昆明菜，不是以火腿为主料，但离开火腿却不成的，是“锅贴乌鱼”。这是东月楼的名菜。乃以乌鱼两片（乌鱼必活杀，鱼片须旋批），中夹兼肥带瘦的火腿一片，在平底铛上，以文火烙成，不加任何别的作料。鲜嫩香美，不可名状。东月楼在护国路，是一家地道的昆明老馆子。

首先，东月楼的位置，说的不一样。何炳棣所说的绥靖路，后来更名为长春路，现在叫人民中路。汪曾祺说在护国路，依我看来，问题也不算严重，不过十来年前，这两条路还是直接相连的。据说东月楼四十年代是昆明的大馆子，坐在东月楼上吃火腿乌鱼，护国路的街景尽在眼底，也未可知。

其次，到底是锅塌还是锅贴，两种方法，还不完全是一回事情。何炳棣说用精嫩宣腿薄片裹以粉浆软炸，直接就把乌鱼红牌出了局，看来口感相当滑润，火腿的味道还非常霸道；汪曾祺说乌鱼两片中夹兼肥带瘦的火腿一片，不加任何别的作料文火平底锅上烙成。要来得鲜嫩，软炸当然不错；顾及盐分，的确应该不加任何别的作料，即便盐巴。真是何说何有理，汪说汪有理，叫人不好判断。

搜罗了一下，发现有段文字，看注解还是 1945 年版本的《昆明导游》上的，这样写道：东月楼原在东门月城内，无牌号，后移绥靖路始称东月楼……经常有火夹乌鱼、宫保鸡、卷筒乌鱼、脆皮鱼、炒鱿鱼丝，各色肉丝剁肉等下饭菜，粉蒸肉、干菜肉又称千张肉等亦有。

看见了吧，火夹乌鱼。真叫火夹乌鱼的话，如果按火夹乳饼的套路，隔水蒸想来也是个办法。

想来汪曾祺先生吃道很深，不仅动嘴，还不乏动手能力，重要的是，汪先生对老昆明菜非常喜爱且心得颇多，不至于连个菜名都记不清楚，按这个思路，搜罗一下“锅贴乌鱼”，果然有些收获：昆明传统名菜锅贴乌鱼，用肥膘、乌鱼、火腿相互合贴，经煎制而成。

材料准备：将乌鱼宰杀，去掉内脏，清洗干净，去骨去皮，切成长 6 厘米、宽 4 厘米、厚 5 毫米的长方形片，加白糖、味精、葱、姜汁、胡椒面、五香粉、绍酒入碗腌渍；肥膘肉片与鱼片长宽相当，厚度为 2.5 毫米；云腿片的尺度则和鱼片完全相同。鸡蛋加入湿淀粉调制成糊。将肥膘肉入沸水中氽后捞出，用干净毛巾搌去水分，抹上蛋糊，铺上鱼片，再抹蛋糊，盖上云腿压紧，在肥膘的一面拍上干淀粉。

烹制工艺：炒锅上火，注入熟猪油，先煎云腿一面，待发出香味时，滗出油翻锅，再煎另一面，至金黄色时沥油出锅装盘，带上花椒面上桌。贴，与煎相似，不同的是，煎是翻身煎，贴不翻身，因此成品一面焦黄，一面松软。此菜虽

无量山农家火腿

煎两面，但菜名锅贴，云腿一面稍煎，待发出香味即可，另一面则煎至金黄色，成菜一面松软，一面焦黄。

果真如此，汪曾祺先生到底还是失察了，居然把肥膘肉也吃成了乌鱼。

火腿的分布，与纬度、海拔和气候不无关联，云南火腿主要分布带，集中在纬度较高、海拔较高、年平均气候相对较低的北半部分区域。但火腿的分布，又和交通条件大有关系，交通不便物流受限的南部山区，制作火腿，也是寒冷季节的一个重要事项，以备不时之需。以前我认为火腿南不翻哀牢山、西不过高黎贡，其实非常错误，哀牢山以南高黎贡以西山区，同样也出火腿，只不过名气较小，影响力有限。

毫无疑问，云南火腿的代表，就是滇东偏北的曲靖宣威火腿，以致但凡提及“云腿”二字，接下来的话题，就绕不开“宣威火腿”四个字；云南一带，言谈文字中，如果火腿前面没有地名前缀，其指向无疑是宣威火腿；早年汪曾祺、唐鲁孙、何炳棣等人提及的云南餐馆云南菜中，不吝笔墨言及云南火腿的种种妙处，也是在说宣威火腿。

宣威以北的昭通，出昭通火腿；宣威南边，有曲靖师宗龙庆火腿，龙庆火腿产量有限，正因为如此，制作比较精细，工艺非常传统；临近师宗，泸西东山出东山火腿；再往南，文山马关大栗树乡腊科村出腊科火腿。

滇中的名火腿，要算禄劝撒坝火腿。滇中偏西，出楚雄火腿，楚雄火腿是个大而化之的说法，具体到各个县区，即以县区地区命名，比如楚雄西北部的永仁，所产火腿，便叫作永仁火腿；南华天申堂，虽然是小地方，但地处天子庙坡坡头，早在史迪威公路年代，就是打尖吃饭的所在，出天申堂火腿。偏远如哀牢山山区，也出火腿，叫作哀牢山猪火腿，让人怀疑是不是还会有羊火腿、牛火腿。仔细想想，也合道理，应该读作——哀牢－山猪－火腿。哀牢山西南面，与哀牢山隔河谷相望的无量山，出无量山火腿；越过无量山，临沧云县涌宝，出涌宝火腿。

滇西一带，白族人有三条名火腿，一是大理鹤庆圆腿，二是大理云龙诺邓火腿，三是怒江泸水老窝火腿。这三个地方，都是古道通过的重要集镇，火腿作为大宗物资，甚至远走西藏。老窝火腿风行怒江，陈化过程中，要悬挂在农家火塘间上方熏制，颜色黝黑。这种烟熏法制作的火腿，高寒山区经常采用，通常要比风干法制作的火腿如宣威火腿，盐分轻一些，这与早年山区获取盐巴有一定难度有关。这一带地区，还有大理永平杉阳火腿。过澜沧江接近怒江边的保山施甸，出姚关火腿。与临沧涌宝火腿一样，姚关火腿一般要去除蹄脚，形制比较特别。出姚关进永德，永德明朗，出明朗火腿。

滇西北的丽江永胜，出三川火腿，这是丽江一带最出名的火腿，半成品火腿用填满草木灰的容器储存，号称“软式火腿”。其次金沙江河谷两岸高山地带，农家通常也自腌火腿，自称江边火腿。

云南出火腿的地方，比比皆是，上述火腿，都是比较有影响力和号召力的个中翘楚。有一点要说明一下，擅长制作火腿的，有汉、白、彝、纳西、藏等多个民族。

宣威火腿的优秀，与其地理环境和气候条件，即所谓“天时地利”密不可分，连《宣威县志稿》都这样宣称：“宣腿著名天下，气候使然。”宣威地处昆明准静止锋带锋面西侧，海拔也较高，接近2000米，冬季温度较低湿度较大，光照也比较充分，非常适合火腿的腌制发酵。再来取材有度：传统宣威火腿的原料，采用俗称“乌金猪”的当地黑毛猪后腿腌制。宣威一带盛产洋芋（土豆），其中一部分，成为火腿原料的主食；所用食盐，取自千里以外的楚雄黑井盐。另外技术成熟：腌制火腿的历史悠久，切割、腌制、贮藏、检测技术，非常成熟，几近炉火纯青。从检测上说，一条年份已足、绿绒满披的火腿，用骨针从三个部位刺

无量山火腿

宣威火腿生片

入，然后拔出嗅品，如果达到“三针清香”的程度，上乘好腿无疑。

滇越铁路通车后，批量宣威火腿被驮运到昆明宜良一带站点装车，由蒙自出关，运往越南海防，转水路运到香港，再销往内陆各地，完成一次冗长复杂的“出口转内销”。

上乘的宣威火腿，外形端正，落落大方；切开来看，个大骨小，肥瘦适中，瘦则鲜红边缘玫红，肥而乳白略显透明感，骨骼部分略显桃红，看似鲜活滋润；闻起来清香扑鼻，气息撩人；吃起来肉质细嫩，油而不腻，香味浓郁，咸香回甜……宣威火腿贵为名腿，溢美之词，早就已经不胜枚举，但名腿就有名腿的麻烦，难免良莠不齐鱼龙混杂。

诺邓火腿取材当地黑毛和棕毛土猪，一般放养结合饲养。特别值得一提的是，腌火腿的料盐，就用含有钾成分的古盐井盐水熬制。火腿的腌制，不施锥针，只用揉、压，以免破坏纤维。火腿跟部开口处，最后要用盐泥封闭。腌制的时间，选在每年冬至到大寒二十来天时间，这期间天气较冷，又临近春节，适合屠宰。诺邓海拔 1800 米左右，位置恰好在河谷中江水转弯的地方，气候温润，适合火腿的深度发酵。成腿分量不大，少有 10 斤以上的，这样一来，优点很明显，盐分渗透充分，又不会过重。诺邓火腿农家自腌外，早先古盐井边山坡上，另有一家规模较大的加工作坊。只是材料有限，每年仅可以腌制五六千条新腿。诺邓火腿近年声名鹊起，产出与需求比例严重失衡，处境堪忧。

偏远于滇西北丽江永胜三川镇的三川火腿，工艺比较特别，冬季腌制火腿，猪腿修饰成型余温尚在，便抹上盐和白酒，冷却后深度揉以盐和白酒，入缸腌制二十天左右后，出缸并不堆压，而是趁火腿湿润之际，用白皮纸粘封开口无皮处，悬挂自然风干两个月左右，最后阳光曝晒一下，收进装满筛细的灶灰、火塘灰、草木灰竹囤篓中，储存陈化半年以上。三川坝子海拔 1500 米左右，冬春季节阳光充足，空气非常干燥，火腿比较容易自然风干，土猪的体重较小，成腿 5 公斤以上少见，不必像其他地方一样“重压出水”，所以三川火腿也被称为“软性火腿”。云南山区和一些坝区，通常以栗木等杂木作为燃料，产生的灰烬、灶灰、火塘灰等，俗称“百草灰”，吸附性、通透性、可脱离性等理化性质特殊，竹制灰囤篓，可以视为恒温、恒湿、驱虫、杀菌装置，如此一来，火腿的外观比较美观。

以上三腿，都是云南火腿中比较优秀的部分，各地根据各自气候特点，采用不尽相同的腌制陈化方法，因地制宜，各有特点。当然其他火腿，照样各有特色，2010 年 6 月底7月初，我随来自北京、天津、上海三地多个饮食媒体组成的团队前往怒江，在六库城附近的一家“老窝火腿饭庄”中，请店家找出只三年成色、黝黑到发亮的老火腿烧刮出来，取出肘把部分切薄片一尝，一众资深饮食编辑、记者连连叫好，说不让某某南欧名腿云云。店家相当惊讶，说从来没有见过这样生吃的做派。

但这样一只上好老火腿，其实并不是轻易能够碰到。以老窝火腿为例，火腿农家散制，基本成熟后商家收购储存销售，这样一来，原料就不好把握。高海拔山区的放养土猪要养成成猪，起码要一年半两年以上，附近低海拔河谷地带的饲料青饲料混养猪，一年或不到一年，体形已经大过或者相当于两年山地放养土猪，只要有利可图，用混养猪腿替代放养猪腿腌制火腿的事情，难免会出现，反正从外观上去辨别，除非行中老手，一般人看不出个所以然来。再说工艺，每家每户的制作，虽然大体相当，但细节不尽相同，按“老窝火腿饭庄”店家的话说，一千条腿就有一千条腿的味道，偶尔还会遇上坏腿。店家还展示了他的收腿利器，一只高山竹制竹针。

一只上好的火腿，首先要依赖优秀原料——两年或以上的放养结合饲养土猪；然后腌制工艺要非常成熟，云南气候多样立体，各地根据不同的气候和原料特点，已经总结归纳出各自合适的腌制方法，只要依照遵循即可；其三储存陈化条件要合适，避雨蔽日部分通透，以利火腿继续发酵。时间还要足够，通常一年为新腿，两年称老腿。按云南一些地区比如宣威一带的经验，三年左右的老腿局部如肘把的肌肉部分，才适合“生吃”，口感化而无渣。如此一来，一只上好“生吃”火腿的诞生，时间起码要花五年。好火腿的根本，在于原料的优秀，云南谚云：猪好，火腿才会好。

王小波“一直怀念”的那只“特立独行的猪”，也不知道最后结果如何，终老山林还是另有结局？尊“特立独行”为“猪兄”的王小波，关键时刻，照样悟出“它毕竟是只猪啊”，到底没有“舞起两把杀猪刀冲出去，和它并肩战斗”。在我看来，猪中翘楚“特立独行”，即便掌握相声四项基本技能说学逗唱中的“学”功，擅长田径跳跃技术，谙熟步兵单兵战术，说破大天还只是“又黑又瘦”的肉猪，最后不成为香喷喷的猪肉或者肌红脂白的腊肉，简直有点暴殄天物，特别是在那个缺油少肉的年代，那是相当的可惜。

照王小波的话说，他“喂猪时，它已经有四五岁了”。不要嫌老，早些年云南一些深山区，就是养上六七个年头的，也大有猪在。据说那种资深猪肉腌制出来的资深腊肉，滋味已经登峰造极无法形容。即便现在，像迪庆哈巴雪山下的哈巴村，高原型猪种迪庆藏猪，起码要苞谷饲养结合野外放养上三年。前两年哈巴村的高山向导来昆明买器材，吃了几天的城市伙食后，严肃地批评城里的猪肉“像豆腐一样没有香味”。据说哈巴村民也曾经养过几年速生洋品种，因为不作为商品外销，只是自给自足自产自消，最后一致公认味道实在不堪，还是养回老品种去。

当年“特立独行”神抖抖活跃的地方，就在高黎贡山以南的德宏陇川一带，从王小波简约的特征描述来看，体形小巧的热带微型猪可能性不大，有可能是保山猪，还可能是高黎贡山猪。高黎贡山猪我见识过，嘴尖毛长浑身炭黑身形矫健，一般放养在山箐里和高山台地间，出口处下栅栏封堵，基本不去照管和喂食。虽然可能比不得“特立独行”那样，“会模仿各种声音”，学汽车拖拉机响甚至汽笛叫，但田径技术却毫不逊色，完全可以“一米高的猪栏一跳就过”。平时和大自然打成一团的泥猪，听松涛看浮云阅四季，争吃打闹谈恋爱，阅历相当丰富；风餐露宿，栉风沐雨，很有些隐士风度；喝山泉吃野果拱菌子刨蚂蚁，野外生存能力极强。和人类沟通的愿望也很强烈，一个山地旅行者，贸然闯入其领地，可能瞬间就会被一大群貌似神象野猪的家伙所包围，眼睛“炯炯有光”，鼻孔转动哼哼唧唧，对着旅行者又嗅又闻，实施大规模地毯式搜索。如果旅行者回得过神来，然后施以零食糖果贿赂一下，一大群放养土猪，一定会簇拥着它们的临时国王，沿山坡走上好几公里，最后依依不舍回头再三作别。碰上特别多情还善于表达的小姑娘，连“黑猪黑猪我爱你”，恐怕也高呼得出来。

一只自由自在、健康生长有年、智商不低的土猪，其猪肉的滋味，不让人感觉点幸福来，基本说不过去。科学些来说，猪肉营养成分丰富而合理，尤其是肌间脂肪发育良好。如此一来，即便用清水烹煮出来鲜吃，随便蘸上一点盐分，口感也会瘦而不柴、肥而不腻、滑嫩多汁，不是一般的可口。腌制成腊肉，滋味照样浓郁丰富。一个年轻的女性旅行者，曾经这样描述道：我是个从来不吃肥肉的人，但是那个肥肉我吃了很多，真的是入口即化，肥而不腻，超级好吃。其实腊肉还在其次，如果制成火腿，土猪后腿发达的白色肌间脂肪，大理石花纹一样，在红色的肌肉间穿梭游动。

除版纳微型猪、保山猪、高黎贡山猪、迪庆藏猪以外，知名的云南当地土猪，还有乌金猪（大河猪）、撒坝猪和滇南小耳猪，为效益计，一般多见饲养这些本土猪母系的杂交品种，纯正的放养土猪，通常要深山区高山区才有。这

2006 年澜沧江边街天的土猪小猪交易

倒是没有什么值得大惊小怪的，只是我一直有点奇怪："特立独行"傲然出世已经多年，名气已然不小，一直没有人用来做个品牌？嗯，如果用在猪肉上面不够通俗易懂，高品质的土猪火腿，或者可以。

腌制火腿，主要辅料就是盐，其次还有高度云南小曲清香白酒。云南古盐井的分布，密集于滇西，散布在滇中，滇南为数可观。

大理云龙诺邓井、大理洱源弥沙井和乔后井、怒江兰坪啦井，号称滇西四大盐井。澜沧江以东云岭南部清水朗山区域，一直向南延伸到普洱江城、西双版纳勐腊一带，地质学称为"兰坪－思茅"盆地，盐井众多，红色砂岩地下深处，就有可能埋藏着盐层，并富含钾成分，俗称高钾盐。

多条古盐道，把这些盐井连接起来。澜沧江支流沘江边的诺邓盐井，开采始于秦汉，最早记载于唐代，明代诺邓井的盐赋，占云南财税收入的比重，已经举足轻重。现在诺邓的盐灶，已经烟消火冷，灶户由工商而农耕；诺邓井的盐水，漫漶自流，偶尔被村民一挑两桶，打去煮制猪食或者熬盐自用。诺邓井附近沘江上游，还有顺荡井，两股盐水自山岩自涌成泉。此外云南早年还有大井、山井、师井，合称云龙五井。

弥沙井和乔后井，目前已经遗迹难寻。怒江兰坪啦井，现在还有少量商户熬制锅盐，主要用于当地民众喝盐茶所需。

啦井地处两山间深切河谷底部，河谷属于澜沧江水系，多见红色砂岩、沙土。啦井目前仅有的几家盐户，还在用土法熬制锅盐。方法很简单，盐卤水打满一只云南乡村常见的那种大口径铁锅，土灶柴火不停火熬上一周左右，锅底边有一层几厘米厚的盐结晶出现，板结成块，与铁锅分离后，整体形状像一面超加厚的铁锅，且强度不小，可以耐受运输颠簸。啦井盐俗称“桃花盐”，我估计是其中的矿物杂质，局部斑结显现桃红色所致，我手上的一块，也的确如此。当地人说啦井锅盐味道很好，香甜可口，但以我的迟钝，很难捕捉这等滋味。

滇中一带的古盐井群，自西向东，主要有楚雄大姚石羊白井、楚雄禄丰黑井、昆明安宁连然井。目前白井已经废弃，黑井早已停产，盐水民间略有利用，各有遗迹可供人参观。安宁现在是云南规模最大的盐化基地。

滇南的古盐井，最著名的，要算普洱宁洱磨黑井。磨黑盐历史上口碑极好，云南多种出名腌腊、渍物、酱菜，早年均采用磨黑盐。目前磨黑盐尚保留工业生产，民间也有少量自熬。清代在滇南大量开凿盐井，不完全统计还有景东井、按板井、抱母井、香盐井、恩耕井、勐野井、乌德井（现老挝境内）、石膏井、草溪井、新井等。其中江城宝藏乡的勐野井，比较特别，是我国唯一古代氯化物型钾盐矿床。

食盐统购统销，目前腌制火腿的用盐，已经不可能像从前那样专选。

火腿月饼

认为昆明乃至云南面食不理想的，恐怕大有人在。想想也有道理，人家北方的小麦雪被里面雪藏了一个冬天，攒足了该攒足的养分，不好恐怕都说不过去。还有面食的习惯和传承，做工细致，名目繁多。昆明坝子是稻作区，米线的天下，并且主流还是发酵米线（粗米线）。

手巧还要家私（工具、物品等，延伸为条件好）妙。看起来条件不太理想，但手巧家私妙，有几样面点，还相当不错，比如破酥包子、都督烧卖以及摩登粑粑。顶尖的，要算火腿四两坨。

火腿四两坨，也就是硬壳火腿月饼。昆明人说话省，干脆就叫作火腿坨，或者四两坨。其中这个四两，说法颇多，有的说不是分量，而是指火腿坨的大小和看样——乍眼一看，黄生生的火腿坨，上部浑圆结体硬铮沉稳，仿佛四两重的金坨子。

要有好火腿月饼，第一要有猪板油。位于滇中的昆明坝子，在云南算是富庶的地方，和中原接触早，农耕技术发达，油水也发达。昆明附近的杨林，以猪板油浸酒，出了种透绿的杨林肥酒，老早以前，是昆明人心目中的好酒。冷猪油加上白糖蜂蜜，以一定的手法揉和进面粉里面，烤出来的月饼酥皮，看样表面坚挺，上口一咬，却立刻崩溃，喷薄四散，往往让人应接不暇，极其酥嫩。20 世纪 90 年代前，大部分月饼，内外都极坚挺，硬到足以打死条背时些的狗，如此酥嫩的月饼，当然是其中翘楚。类似的酥皮技术，云南并不少见，像喜洲粑粑就是一例，摩登粑粑干脆纵的继承横的移植，以舶来的奶油做猪油用，口味新颖特别，要做到火腿坨那样外紧内酥，确实需要些好手段。

第二样是白糖和蜂蜜。从前有个笑话，说早年富裕人家日子好过的标志，就是床头有两个盒子，一个装白糖，一个装红糖；愉快的标准，就是想吃白糖吃白糖，想吃红糖吃红糖。云南盛产蔗糖，蜂蜜也不算稀奇，大肆用白糖蜂蜜揉进面拌进馅，算不得稀奇。

第三样，上好的火腿，乌金猪的宣威火腿。间肥带瘦的细火腿丁与白糖蜂蜜结合得不错，口感甜咸合适，馅香软而不凝结。上好的火腿，云南各地几乎都有出产，其中最著名的，就是乌金猪腌制的宣威火腿。火腿丁肥润瘦香，肥不腻瘦不柴，所以当年，可以一口气吃进个火腿四两坨的人，咽完口水后，还要倒吸一口香气——火腿四两坨给人的整体口感，的确相当丰富。

第四样，筋骨上好吸附性强的山地麦面。昆明附近，冬天见雪的年份不多，但每到冬天，白天有太阳，有高强度的紫外线，晚间有的霜冷，老品种山地麦子，产量不算高，营养和味道却不能小看，和白糖蜂蜜结合得也极好。月饼馅料里的面粉，经过炒制以后，和火腿、白糖、蜂蜜，结合得相互包容难分彼此。

火腿菜式

无论肉、蛋、禽、蔬、鱼、乳（乳制品）、菌（野生菌）、米、面，与大多数食材配合，云南火腿不乏上乘表现，点睛手笔。

生鲜老火腿：三年以上上好老腿的肘棒外侧一块肌

肉，质量不足 200 克，薄切成片，入口若化。

金钱腿：炖煮多时的火腿肘棒横向切片，外透黄内瘦红，最外圈腿皮若镶金边，中间有骨空。

锅贴乌鱼：昆明传统名菜，用肥膘、乌鱼、火腿相互合贴，经煎制而成。（汪曾祺、何炳棣均有记述。）

雪花蛋：“以鸡蛋清、温熟猪油于小火上”，不停地搅拌使蛋油相融，“嫩如鱼脑，洁白而有亮光，入口即已到喉，齿舌都来不及辨别是何滋味。蛋上撒一层瘦火腿末”（汪曾祺）。

火夹乳饼：每两片乳饼中间夹一片火腿片，隔水清蒸。

野生菌类：云腿红烧羊肚菌、火腿炒鸡枞。

蔬菜类：火腿炒豆米（荷兰豆）、火腿脚炖白芸豆、铜锅菜。

主食类：火腿豆焖饭，大米、蚕豆米、火腿丁铜锅煮焖。

鸡零牛碎

判断归判断，现实归现实。大约三年前，我在滇西北一个著名旅游地，连玩带工作了一个多月，发现那个到处是游客遍地是牛羊的地方，牛肉却贵得离谱。第一反应，估计可能和游客密集有关。后来仔细打探下来，才知道那里只取大块牛肉，头蹄肚杂骨头等，尽数弃如敝帚，理由是不好打整。看来那里牛肉贵，贵得还理直气壮，必须花大力气引进夫妻肺片、酸菜毛肚、牛杂汤、牛烂烀等，或许可以救药。

不过二十年前，那个著名旅游地，却是个极其偏僻的所在，变数很小，头蹄肚杂的处境的过去时态，估计就是那个样子。鸡零狗碎的，的确不好打整，或抛弃或放任自流。不要说人，多数肉食动物，不到万不得已，对猎物零件，也缺乏兴趣，通常交由下游动物去处理。头蹄处境还好一点，还有什么猩猩之唇驼蹄熊掌之类，绷面子撑台面。肚杂等下水，一般难登大雅，多半流落街头巷尾，摇身为小吃，等候可以相机发力的一天。

王谢堂前的燕子，有飞入寻常百姓家的一天；大鱼大肉，有沦为俗品的时候；鸡零牛碎，终归也会扬眉吐气。说老实话，但凡有点修为的吃客，往往不论其他，却津津乐道于头蹄肚杂等下水。著名网络隐士图雅，早年知青的时候，三月不知肉味，一旦偷鸡摸狗得手，热衷于狼吞虎咽一顿狂吃，等进城有了点钱又有点闲，转而欣赏起鸡脖子的精致味美来，竟以为鸡脖子尽得解析几何的复杂美妙。图雅此言既出，唾沫还没有落定，便有人推鸡及鸭及兔，此后武汉鸭脖子成都兔头，风靡大江南北黄河上下，连我们家门口，都各开了一个专卖店。

鸭脖子固然不错，却多少有点油渍沫癞，戴个塑料手套办理，隔山打牛囫囵吞枣，恐怕只会和解析几何的美妙细节失之交臂，如果没有点手段，不如试试我家云南玉溪大营街的鸭肫片。玉溪青松毛烤鸭的边角料鸭肫，焯水切片晒干后，就是鸭肫片，低油温里面跑出来，非常酥香，清爽上口。那东西相当讲究刀工，晒出来要片片整齐，一律有半透明感。

不要说脖子，以我所见，翅膀鸭脚鸡脚鹅掌，多数人等喜欢归喜欢，却非常缺乏分解的手段，吃到油头黏手不说，还大肆掉筋落皮，完全只是在过个嘴瘾。相对而言，鸡杂鸭杂，就比较好处理，把祖传秘方爆炒祭出来，不也简单。稍微复杂些的处理，比如哈尼人把鸡杂焯熟切小，放进蘸水里面，做成荤蘸水蘸鸡肉吃，就很有新鲜感。此法不单哈尼人，彝族苗族也各有心得，前三四年，昆明团结乡后山的谷律苗寨，吃花椒鸡，还配有一道猛菜——焯水鸡杂凉拌生鸡血。可惜那年来了禽流感，该菜就此绝迹，香消玉殒。

有种说法比较有趣，认为禽类家畜，整件处理的味道，要好过分散对待。像山羊肉，头蹄肚杂血肉，要有个一锅混煮的过程，滋味才来得浑厚。云南彝族深得其中三昧，对付嫩猪等家畜，并不利刃诛心放血，而是棍棒钝击，稍后糊泥烤到半熟，这才取出肚杂去掉头脚，大块猪肉打整干净，滚水煮到将熟，保持鲜嫩。要点在于头脚肚杂的处理，一律焯水后火烤到黄脆，然后切成细小的颗粒，配上姜蒜芫荽花椒叶煳辣子等作料，调成一碗内容丰富的蘸水，蘸肉片吃。

云肥肠

始于20世纪80年代目前健在的昆明小吃，有两家，我不时会去。

南华卤面早先开在南华街，后来南华街拆迁，搬到滇越铁路老南站旧址附近塘双路。老吃客一般中午过去，去还要赶早，以便加帽。肥肠、腌菜肉、豆腐三种加帽专用的帽子，晚了肯定缺货。最先缺的，通常是肥肠，没有肥肠，一碗卤面断无吃点。官渡小吃在和平村开了三十年，招牌之一是肠旺饵丝，饵丝与血旺现烫，添汤加肥肠帽，还有芫荽、花椒、油辣子诸味，肥肠略带风骚之意，口味小重。

昆明毕竟是城市，论食材地道新鲜，还看地州，比如普洱墨江县城的一家米干店，肥肠打整得极精细，外观色泽透露着才出锅的新鲜感。就算那点芫荽，香气滋味，远非一般寻常可比。

说起地州，事情就多，随便问一位地州朋友当地什么东西最好吃，眯眼托腮思考再三，答案很可能就是肠子。一般的烹煮煎炸肥肠鱼肥肠鸡就不说啦，说点特别的，就算加工的第一道工序清洗，云南南、云南西一带，就大不一样，地域特色明显：以揉团揉绒的芭蕉叶反复揉洗肠子，遇上特别敏感又热衷附会的，成菜后吃出植物清香亚热带气息，也未可知。

特别讲究形式感的，清洗过水打理好的一副肠子，俨然塑材，执一端以一定手法往另一头反复理抹，不取长求短，环环相套相连，最后固定一下，以免烹饪中变形。卤煮出来横刀切片，肠片肌理明显，纹路在有规则与无规则之间，俗称梅花肠。中空的肥肠，处理成梅花肠，切片干蘸椒盐辣椒面，香味疑似也被累加，口感踏实硬朗。

梅花肠搞的是集中制，彝族传统大菜肝胆糁，走的却是化整为零与友军紧密结合的套路。肝胆糁俗称“打牲”，制作繁琐，乳猪乱棍打死不放血，先整体泥包烧烤，剥泥连带去毛开膛清理，剔除零碎部件后的主体部分，水煮透心即可。至于乳猪大肠，清洗干净后，会同耳、舌、嘴、脚爪、心、肝、肺，沸水锅过水，捞出控水晾干。这些材料，分别炭火烧烤到干脆焦香，再切成米粒大小的颗粒，结合盐、辣椒、花椒、芫荽、姜、蒜、冷开水等，调成乳猪肉的蘸水。如此一来，安能辨我是肥肠！

这等混搭作风，还普遍见于冬季年猪后的腌物，诸如猪肝鲊、骨头参、江边辣、血辣子，对应的民族为大理鹤庆白族、昆明石林彝族撒尼人、丽江石鼓纳西族、客居滇东南文山的白族。

猪肝鲊、骨头参、江边辣，基本可以合并为同类项，主料比较相似，无非剁小的猪脊骨以及下水；辅料也比较接近，盐、白酒、辣椒面、花椒粉。差别略有，猪肝鲊、江边辣放茴香籽，骨头参中有葱、姜、蒜和油渣。腌制方法，也几乎一样，腊月间腌制，主料或过水或不过水，混合辅料拌匀，入扑水瓦罐压实腌制。江边辣为了突出辣椒的特色，在辣椒的使用上，有碎面有椒段，甚至整条腌入。血辣子的主料，却是新鲜猪血和辣椒段，还有油渣、油炸肠子、剁细的瘦肉，辅料为盐、白酒、草果粉、八角粉、花椒面等香料。

出于不同凡响的号召力，猪肝鲊其中一帜，肥肠为主，柔软纯净。这种猪肝鲊，号称下饭利物，通常与豆腐同蒸，以稀释盐分。用来煮稻田鲫鱼，效果也相当不错，猪肝鲊略带下水腥气，却是对付鱼腥的利器：两腥相遇，鲊腥不惜鱼腥，结果无腥。

肥肠的夜间时态，要领就成语一个，明火执仗烤葱肠。明火明度不算太高，乡镇栗炭火、城市无烟炭火。仗呢有些牵强，无非一条弯葱。事情也不复杂，云南弯葱剔净去叶，穿过青卤好且长度相当的肥肠，上火烤到葱段成熟，分段装盘即可。烤葱肠外层焦香内芯甜软，适合下酒。对酒当歌，歌词大意稍显凌乱：穿过你的肥肠的我的葱。

蜂蛹

记得年纪很小的时候，我到昆明附近的一个勘测基地去玩，得到的鼓励是一小竹筒油炸黄蜂蜂蛹。位于晋宁某彝族聚居山区的基地，当年的条件还比较艰苦，大食堂吃饭大锅菜一两样，手上有一竹筒蜂蛹，少菜缺油水的时候，足可以用来做饭引子。多年以后，才知道用竹筒来保存蜂蛹，除方便携带外，最主要的作用，是防止蜂蛹回潮。这还是当年彝族猎人的通行做派。

黄蜂蜂蛹恐怕是云南最常见的蜂蛹，而油炸又是最通行的方法。常见和通行造成的影响是，其他种类的蜂蛹和其他烹饪方法，很少被人注意到。比如遇上蒸蜂蛹和蜂蛹煮汤，我就会感到稀奇，并且有轻微不适伴随出现。其实即便就是昆明市场上，每到夏秋蜂蛹高发季节，卖特殊食材的摊子上，四五种不同种类的蜂蛹，也还是很容易遇上，摊主报出的，通常都是些俗称，不太容易记住。即便同一种的蜂蛹，摊主的分类也比较细致，白色的幼蛹一类，白色的幼蜂一类，略带棕褐色的幼蜂又是一类，价格上也略有差异。

常见的蜂蛹，大多数属于野蜂，寻找这些野蜂，若干纪录片都是这样描述的：猎蜂人用一小块肉类或者昆虫吸引猎食的野蜂，野蜂取食的时候，相机在野蜂身上系上一根细线，细线的末端，系着一片白色羽毛，最后跟随着这片飞动的羽毛，翻山越岭找到蜂巢。在我的见识中，寻找野蜂巢穴，似乎并没有这么生动有趣，对山林极其谙熟的山民，但有点风吹草动，也了如指掌，完全不必那么劳神费心，用一片羽毛去寄托深情。

野蜂的巢穴，不在树上就在地下，不是有巢氏就是穴居族。获取蜂巢，基本都是采用烟熏火燎的方法驱逐成蜂，然后趁机取走蜂蛹比较多的几片蜂巢。蜂巢上蜂蛹的多寡，并不难辨识，暗褐色蜂巢上凡有白色圆顶盖的，就不是空巢，一目了然。通常并不赶尽杀绝，会留有余地，让野蜂继续涵养生息，隔年又有收获。

有些时候，连寻找蜂巢都嫌麻烦，干脆买来整个蜂巢，重新挂在合适的林子里面，由猎取而养殖，一旦感觉蜂巢饱满，就可以去取上几片出来剥取蜂蛹。我觉得长此以往，并加以总结，难说有一天，野蜂会被驯化成家蜂，变成可以随时取食蜂蛹的蛋白质供应站。不过这里说得轻松，但熏走成蜂并不容易，晚间操作上几小时，那属于常事，搞得不好一个不小心，还会挨上一嘴两箭。野生箭通常毒性很大，这是一项高危作业，寻常人等通常不会去尝试。并且一旦操作过度，伤及蜂王，养殖事业戛然而止，造成杀鸡取卵的局面。

哀牢山无量山以南以西的热带亚热带地区，无论树上有巢氏黄蜂还是地下的穴居族“土甲蜂”，都仅仅属于俗品，那一带的上品是大黑蜂。大黑蜂成蜂的体积，大约相当于三只普通大黄蜂两只“土甲蜂”，蜂蛹的体积比例差不多这样，甚至价格上的比例，也与此相当。这种大黑蜂的蜂巢巨大，每一片的直径，往往在1米以上，有触目惊心的效果。

滇西南临沧、保山、德宏一带大致属于怒江流域的部分，除野蜂以外，还常见吃蜜蜂的蜂蛹。蜜蜂蜂蛹并不油炸，而是取来滚水中一焯，沥水冷却后与水淹菜凉拌在一起。水淹菜比例大，蜂蛹比例稍小且体积又不起眼，不知道的，还真就以为，那就是一碗水淹菜。吃蜂蛹不见蜂蛹还容易忽略滋味，这道菜最合用来做入门教材。

蚂蚁也是菜

如果蚂蚁的有效养分，真的能够转移到穿山甲身上，这一点，被人察觉到，即便是个误会，穿山甲的处境也会很危险——如此一来，终于有了可以下手的地方。多年以前，穿山甲的甲胄，的确作为药材被大量收购，究其原因，难说就和蚂蚁脱不清关系。

其实和蚂蚁有共生关系的生物，还真的不少，有植物，也有动物，还有大量的真菌和微生物。云南民间传说中，珍贵的野生菌鸡坳，就被描述成蚂蚁农场里的蔬菜。据说还有愤怒的采菌人，因为没有采获鸡坳，而归咎于蚂蚁，把蚂蚁窝刨出来示众。鸡坳与白蚁的某一类亚种有共生关系，并非蚂蚁，但在口头传播层面，说不管蚂蚁白蚁反正都叫蚁。实际上，传说的确很接近实际，蚂蚁的农场里，不光有蔬菜，还有奶牛，比如蚜虫。蚂蚁如此厉害，可惜个体太过渺小，只能依赖于团队的力量。不过，正因为渺小，人类也不方便对其下手。

雨前雨后，飞蚂蚁纷纷出洞，或洋洋洒洒漫天飞舞，或蹒跚着满地爬行，生物学上叫作婚飞。鸡见了，歪着头上去就叼，吃到兴奋处，高蛋白高蛋白地叫唤。人狡猾，看看鸡吃得相当不错，跟着去尝了尝滋味，嘴里居然还泛起一丝甜意，立刻用烹饪术加以改良，比如去了飞蚂蚁的翅膀，放到石板上炭火烤着吃。传说有个老头，吃了飞蚂蚁，居然还生了颗新牙。不过话说回来，物资匮乏年代，飞蚂蚁真还就是一些少年儿童的高蛋白零食，解馋不说，的确很有营养。

云南一带的飞蚂蚁，并非白蚁。白蚁有蚂蚁之名，却没有蚂蚁之实，简单地说，白蚁并不是真正的蚂蚁。真正的蚂蚁，人看上的，除飞蚂蚁以外，品种还不少，以颜色区分，有黑的、黄的、褐的、红的。西双版纳和德宏一带，对付蚂蚁，舍其肉体而只取其卵，有道名菜，叫酸拌蚂蚁蛋。蚂蚁蛋小如碎米，大如豌豆，看起来白白嫩嫩，很是让人眼睛发亮。大量的作料簇拥着不多的蚂蚁蛋，又让人几乎忽略了和蚂蚁有什么联系。那道菜，轻易还吃不着，蚂蚁蛋是树上的大黄蚂蚁——黄狡蚁蛋，蚂蚁嘴下夺蛋，先要吃上道菜，叫皮肉之苦，按傣家人的说法，如果不是牛人，就莫想吃着蚂蚁蛋。

蚂蚁到底什么味道，我也说不清楚，可能略苦或者微酸，还有人说生吃飞蚂蚁是甜的。蚂蚁一般就是拿去泡酒，也有蚁粉，当药一样吃。蚂蚁泡酒，云南相当常见，一般的小馆子里面就有，招呼一声，小姑娘马上就会端一杯上来，一点也没有生物医学的高深做派。

实在不敢下嘴的，也可以沽名，借民间传统下饭菜蚂蚁上树的壳去吃蚂蚁。所谓蚂蚁上树，其实就是肉末炒粉丝，其中的蚂蚁就是肉末，大约是指代白蚂蚁。云南传统的做法，除肉末以外，要加一些剁碎的玫瑰黑大头，也就是黑蚂蚁。

蚂蚁一生无病，免疫能力特别强，人看中的正是这点，但要吃到蚂蚁那样去疾，我看是希望渺茫。蚂蚁的样子有点那个，要做成菜，首先要美容，比如可以用上对付昆虫的利器——油炸，油炸一炸，样子美观不少，味道一定还很香脆。最好的办法，还是像酸拌蚂蚁蛋那样，主料大隐于配料，以配角的面目去做主角，比如可以做个水果蚂蚁披萨，奶酪上面，撒上一圈黄蚂蚁或者红蚂蚁，出了烤炉，想来效果不会太坏。

有种吃法简单而有趣：用根木棍涂上些野蜂蜜，伸到蚂蚁窝里一搅，然后提起木棍，上嘴一抿。珍妮·古道尔博士，那个灵长类动物问题专家，也知道上面这个吃法。博士观察到：黑猩猩会用涂了口水的草棍，伸进蚂蚁窝里，钓蚂蚁吃。

蚕豆是个高手

哀牢山以南高黎贡以西，从三月到五月，从初春到晚春，我一直在这个范围内游荡。在我看来，这一带的饮食比较野放，稀奇的地方，可能多过这一带的山岭，但还是会不断遇到各种“熟”面目，比如象皮菜——普洱、西双版纳、临沧、保山，不管山区还是河谷，随时一头一脸的象皮菜，或汤煮或凉拌或干炒，吃起来效果都还不俗。

象皮菜是一种高大落叶乔木的嫩芽和嫩叶，属于榕属植物，有的地方叫作象蹄菜，最直观干脆的，叫作大象耳朵菜。不要奇怪，真要跑到象皮菜树下抬头查看，就会发现成熟的叶片，与大象耳朵相似度极高。料想如果大象走进象皮菜林中，那一定会有些麻烦出现：远远拿着望远镜观察那位，只怕要“麂子乱成马鹿”，树叶看成象耳。象皮菜树干枝杈上还会结果，大小样子有些像无花果，但味道庸常，当水果有点小材大用。

说起麻烦来，我也遇到几次：某些地方硬是把象皮菜叫作枇杷菜、枇杷尖，左问右打听，坚决就是枇杷菜、枇杷尖不动摇。可是连看带吃，我肯定那无疑就是象皮菜，只不过换了个马甲出现而已。

不过做象皮菜，各地的手法却非常相似，其中最常见的一种，就是加些蚕豆进去煮汤。至于蚕豆，倒不讲究，干鲜不忌去壳连壳都可以。像在景迈山，吃饭的人太多，傣族人家可能实在是忙不赢细做，象皮菜就用带壳干蚕豆大锅煮。其他的地方活细一些，蚕豆泡发去壳，或者干脆用新鲜蚕豆米去煮或炒。

这样看来，要安抚点化象皮菜的野性，蚕豆这种极其通俗常见的材料，实在是功不可没。不仅象皮菜，保山施甸一带，打整白露花，居然是用蚕豆米同炒，白露花柔软、飞过水的青蚕豆米面糯，白露花粉白飞、红蚕豆米青翠，看样和口感，都非常清爽。青蚕豆米入菜，昆明一带雅称“青蛙”，一见此菜，我就在一边沉默不语，满脑子抽象的都是“青蛙踏白花”“青蛙卧白花”这些近乎形而上学的东西。

施甸一带打整青蚕豆米，还真是有些新意思，这样的手法让我眼前一亮：新鲜嫩豆米石臼捣成豆泥，与切短的小茴香尖混合，调上盐和少许鲜肉泥，不用鲜肉改为油渣泥也可，然后挤成比鸡蛋稍小的丸子，下油锅小火低温慢慢悠悠地煎出来。这种青蚕豆米小茴香丸子，油煎出来颜色依然保留着原本的七八成，白瓷盘一装端上饭桌，下手去吃之前，一句古诗就突然相当不合时宜地涌上心头——大珠小珠落玉盘。

我有点怀疑，这是悬留在云南的江南古法——怒江峡谷以西的施甸，南北向有几个相对平坦的坝子，而把这几个坝子连接起来的，正是一条始于保山过施甸经临沧永德通往缅甸的古道。从明代开始，批量级的江南移民，迁居此地繁衍生息。一些当年先进的汉地生产工艺和生活方式，开始进入这一地区。当然最紧要事情，就是戍边，其中最著名的人物，要数名将邓子龙。生产工艺和生活方式原生地消失，却依然保留在云南的情况，其实比比皆是，绝非孤例。此后我留意了一下，发现施甸各处均通行此法，大集镇诸如县城甸阳镇和由旺镇、姚关镇街天市场上，还有捣好拌匀的半成品出售，嫌麻烦的可以买来挤成丸子下锅。

油煎丸子已经够稀奇，煮汤那才算惊艳。在施甸最后一顿，主人安排到县城西山附近的一家农家乐吃饭，进院子我就来了兴趣：一个小姑娘正在院子当中一棵榕树下舂青蚕豆米。上去拍照兼讨教，小姑娘说豆泥舂得越细越好，黏度

油炸蚕豆丸子

烤蚕豆

高容易成型。这话起初没有太在意，等菜上桌才知道其中深意——居然一盆青蚕豆米小茴香丸子白菜汤，满盆青翠清香流露。

丸子是直接煮进菜汤中的，不散不烂形状完整。我觉得豆泥捣得细让淀粉质充分流露以外，小茴香尖功劳不小，参与进去就是一幅加强网络；其中的肉泥，遇热收缩，也有强化作用。

青豆米

云南冬春季划算买又新鲜的蔬菜，要算各种豆类，嫌麻烦的话，可以直接买青豆米。“青豆米”一词，多用于口语，其主要指向，偏重于去豆荚剥内壳的鲜嫩蚕豆米。“青”既说明颜色，也表达豆龄。青豆米偶尔也指嫩豌豆米，但普及程度不高，如果交谈对方不能意会，还不如直截了当说“青豌豆米”。豌豆米只去豆荚，除非非要“上档次”，寻常并不去内皮。

初开春这一时段，各种豆算主力应季蔬菜，主力中的主力，当数蚕豆。豆田变高楼以前，昆明坝子也是蚕豆主力产地，目前自产量较小，大宗主要靠外地供应。换句话来说，要吃到极度新鲜的蚕豆，“请进来”不算很可靠，亲自“走出去”最准确。

昆明一带，青豆米和某些食材搭配的时候，雅称“青蛙”。比如青豆米炒蒜薹，叫青蛙抱玉柱；青豆米烩乳

青蛙背石板

饼，称青蛙踏石板；糯米团包裹青豆米后，分解切片油煎，那是青蛙背石板。雅称的应用与不用，主要看所搭配食材的分量，一碗很家常极市井的腌菜米豆汤，再青蛙不青蛙地整出点噱头来，只怕是别扭要多过幽默，想含而不露反而露出马脚。这样说起来，青豆米腊肉焖饭、青豆米炒腊肉，还是直截了当来得理想，腊肉升级成火腿，那倒可以酌情青蛙琥珀一下。问题是，青豆米火腿焖饭怎么办？

青豆米煮汤，豆米空气间有汤水隔离，不容易氧化，青翠的颜色保持时间较长；炒就麻烦一点，在锅里面焖上 1 分钟，颜色青翠养眼，一般的玉石恐怕是比不了，但出锅时间稍长，便会萎靡老去。解决的办法也有，青豆米先加盖稍稍焯一下水，然后马上冷水激凉，让颜色稳定下来沥干水再炒。不过用这种眼球主义办法，豆米的滋味，自然会有些损失。

这个方法，倒适合用来做蚂蚱豆：青豆米焯过凉后晒干，嫌晒干动作慢烘干也行，需要下酒菜的时候，拿出来冷油低温慢慢“酥”一下，下酒那是一等一类。当然还有秘笈，一遍不算很酥，等冷却后再酥它一下。双酥之下，一般的青豆米，只怕是才一进口，不等舌头牙齿发力，也会迫于形势，自我分裂而粉碎。

蚂蚱豆老少都爱，却不老少咸宜，毕竟有些上火，幼儿少年可以浅尝而不可过量。早年大理乡间，时兴一种青豆米粑粑，幼儿少年最是喜爱：青豆米水煮后踏成面，与适量糯米面以及盐深度揉捏充分混合，然后一擀一切一压，做成粑粑下锅油煎。青豆米粑粑的滋味，雨打风吹去多年，已经记不大清楚，但“好吃”两个字，我倒牢牢记得。同样牢牢记住的，还有颜色和质感，青蛙算什么，背时些翡翠恐怕也只能望其项背。时间的流逝，只会把那种记忆提纯再提纯，最后高高地飘上半空。

这几年腌菜炒汤圆有点小流行，据说此菜来自贵州那边，此事我没有深究过，不敢多讲。不过大理城乡，倒习惯用青豆米腌菜豌豆尖煮小汤圆：先把现搓小汤圆煮到将要浮面还未浮面，再下青豆米进锅，起锅前下细碎的水腌菜以及豌豆尖。这样煮出来的汤圆，各种层次都比较丰富：触觉上汤圆糯滑、青豆米软面、腌菜脆爽、豌豆尖嫩秀；味觉上汤圆糯米香、青豆米鲜甜、腌菜酸辣、豌豆尖鲜美；视觉上汤圆小巧白嫩、青豆米青翠可爱、腌菜沉着老扎、豌豆尖姗姗可爱。腌菜中的辣椒，还微微带出一点红的意思。

这样小巧的一碗摆在眼前，不要说吃，看看就满心喜欢。

从豌豆尖到干兰片

荷兰豆这个名称还没有流行以前，比如八九十年代，有客自北方来昆明，恰好又在蔬菜极端匮乏的冬春季，回程上飞机前，就可能收到这样一种礼物——一包菜豌豆和一块火腿。

礼物递过去，送礼方还要不厌其烦地讲解烹饪方法保存要诀，诸如豌豆要分别从两头剔除豆荚两侧的筋线，然后用手分解成三四块；说完豌豆说火腿，火腿切片后给一点油先下锅炒，炒到差不多的时候再下豌豆同炒，口味淡的话，盐就不要再放了。讲解方经常不厌其烦，领会者往往不得要领。据一位前辈透露，这种礼物的反馈情况很好，如果还有下一次，对方往往会以请求代购的名义主动申请。

就在那些年的昆明，豌豆尖还只是一种层次高一点的普通蔬菜，一街都是的小锅米线、炒饵块、卤饵丝必须要放，腌菜炒豆尖、豆尖豆腐汤等涉豆尖菜式，街上大多数小

油炸干兰片（干栏片）

馆子，都还可以做到规矩放心，还没有到以粗枝大叶的手法，毁掉这些昆明家常菜的时候。豌豆尖此物，就吃个鲜嫩，首先剔拣要下工夫，严格一点的话，豆尖上那点攀须都要去掉，那东西比较碍口。

至于成熟的豌豆，云南人民一般不会拿去测试公主的皮肤敏感度，而是大肆制作成豌豆粉，凉吃以及下锅煎。昆明一带，豌豆粉的著名产地，要算东部呈贡。玉溪地方，一碗凉米线、凉卷粉，如果显著位置没有一大块点睛的豌豆粉，那肯定属于崴货。说来有点意思，女性特别是青年女性，通常作为豌豆粉消费的主力，虽然云南的公主，著名的不多，目前就数孔雀公主名气大一些。而煎豌豆粉，当下酒菜相当不错。似乎还有点性别偏好。

上一盘焙炒过的豌豆颗粒，作为餐前茶水阶段的欢迎茶点，在云南的普通小馆子，目前算是一种通行惯例。滇南红河一带，焙炒过的豌豆颗粒，再深度处理一下，小火熬煮秘制上若干小时，最后收取为水溶性极好细腻的半干豆泥，便是过桥米线的传统提味料豆坨。采用豆坨的店家，会傲然宣称——凡是不采用豆坨的过桥米线，都算不上正宗地道——里外透露着原汁原味过桥米线的自信与自足。

其实作为豌豆粉的半成品稀豆粉，已经是云南不少地方大受欢迎的早点，特别是哀牢山、无量山以南以西地区，稀豆粉更是大行其道，其中的深度爱好者坚持认为，没有稀豆粉的早点，很难算作正常的早点。稀豆粉可以配上调料单吃，或者分别加上米线、卷粉、饵丝、饵块、油条混搭，再配上越往南部走名目越繁多的配料作料。品种最多的地方，单一个辣椒，就多达四五种，比如生剁小米辣、油辣子、煳辣子；香料油起码五六种，比如草果油、花椒油、木姜子油、蒜油、姜油等。面对如此丰富的配料作料，如果缺乏操作经验，还真是可能无从下手。名厨梁子庚的做派值得借鉴，他吃上几口加上一味几味料，再吃再加，按他的话说，这样吃来层次极其丰富。

稀豆粉主料是豌豆，比较传统的制作，一般需要浸泡豌豆 8 小时，磨浆过滤 1 小时，静置沉淀 2 小时，熬制 1 小时。稀豆粉铁锅接触面出现的一层锅巴，属于稀缺物，通常奖励给赶早去吃的那一批顾客。合适黏稠的热稀豆粉彻底冷却后，就是豌豆粉。

豌豆粉可以干制，常见的方法，是把冷凝的大体积豌豆粉整块切片，晒干或者烘干。保山施甸、龙陵一带的制作比较特别，直接把熬到一定黏稠的热豌豆粉浆，浇在竹瓦上冷却分离晒干——这种制作方法，朴实传统，必须依赖有个好天气有阳光紫外线的参与，才可以成型。吃可油煎可煮汤，油煎出来的，滋味非常容易与虾片混淆。其中施甸制作的厚度较薄，烹饪适应性也较强，当地人的总结词只有一句话三个字——材料好——必须用施甸当地西山何元山区出产的大白花豌豆制作。

这种特别的干制豌豆粉，当地人称为“干栏片”，甚至还把制作用具竹瓦，与早年普及的干栏式建筑联系起来，并附加上一些传说。我倒觉得似乎有些牵强，写出来的视觉效果以及感召力，不如“干兰片”来得好。

苞谷粑粑和苞谷老酱

小时候我出过回洋相，见人家灶台上一筲箕苞谷饭，就鸡蛋饭鸡蛋饭地叫着要，少了还不行，要来一海碗，只一嘴，心就虚了，再一嘴，心就苦了——原来还有和鸡蛋饭长得几乎一模一样的苞谷饭！

那是老苞谷，只有在街头巷尾一声闷响，炸成香酥的苞谷花，才会逗人爱。青苞谷就不一样，苞谷护叶还是青色的老品种年轻苞谷，通常作为蔬菜，烧来糊香，煮来蒸来甜香，炒来脆香，烙出粑粑来，各种复合香甜。

粑粑这个方言词汇，有点意思，说出来，就感觉离好吃很近，离口水不远，如果整成普通话，开口吐个玉米饼出来，效果会很差，聪明点的土狗听见，都觉得不想理，要让人家摇尾巴，主要还要靠粑粑。玉米这个东西，在我们昆明，是装在大麻袋首（里面），一农用车一农用车拉到黄龙山（饲料产地）和读书铺（也是饲料产地）去的，只有苞谷，特别是青苞谷，才是拿来糊香甜香脆香粑粑香的。好口马普（昆明城郊结合部的普通话）的，应当注意，苞谷还是玉米，这是一个问题。

这叫入乡随俗。苞谷（玉米）和洋芋（土豆），不远万里，从南美洲，漂洋过海，来到中国，入乡随俗。中国人民就是靠这两样有力武器，走南闯北进入广大山区和广阔的丘陵地带，放倒大树点苞谷，烧把山火排洋芋，开荒种地，靠天吃饭。

青苞谷撇（掰）来，手剥粒（这样好吃，刀划的粒不全，伤及胚根），舂浆捣汁，现（加入）些水，打去浮起的表皮。这是关键，苞谷粑粑糯不糯，没有碴子味，全靠这一关。然后加点糖，打个鸡蛋搅匀，舀上一勺，下薄油锅烙去，面子稍干就翻面。手法一定要稳准狠，粑粑才会团（圆），抖鳞壳颤的，整不成粑粑事情。

然后呢？然后用苞谷护叶包好，可以边走边吃。

早些年，昆明以及云南凡是叫作城市的地方，街上要是出现如此装束的一位或者几位——上身两兜绿军衣，下身蓝色水兵裤或者公安裤，脚上一双中跟黑色精绒布鞋；由于美发业严重欠发达，头上那顶俗称牌坊的绿军帽，尤其要紧，必须要用一个星期以上分量的报纸做衬底，环箍前撑，以求最大限度地接近大檐帽的视觉效果——那么远近不少双眼睛，将会被吸引过去，稍后由衷地感叹道：将，很将，相当将！不信的话，可以想想著名的崔健当年派头，只是老崔当年并没有绿军帽，而是下了些腿上功夫——他从容地卷起一只裤脚，并且只卷到半截，位于小腿中下部。

衣着讲究点，做派特别点，甚至携带的器物扎眼点，比如手表铿亮打火机开盖脆响，都可以称之为“将”。和现在“帅”的情况有些相近，“将”一般多用在青年男性身上，当然和“帅”一样，老有老“将”，小也不乏小“将”。“将”毕竟比不得“帅”，级别不一样，而且土产，现在已经不多听说了。而“帅”不同，凭直觉就感觉是舶来货。

今天就“将帅”到这里，接下来是广告时间，插播柴米油盐酱醋茶其中的酱。当然啦，云南的酱，最著名的当属昭通酱，几乎就是昭通那个地方的地讳。滇中一带，汤池老酱、七甸老酱、玉溪老酱，近年名气较大，上升势头良好。以上三种，都以黄豆为基料，也就是豆酱。此外，常见的还有源自北方的面酱，麦子做的，吃烧饵块就会遇到。最常见的，恐怕要算玫瑰花酱，每一杯木瓜水以及每一个甜味喜洲粑粑里面，都有它香艳的身影。至于样式复杂、取材广泛的少数民族酱菜、酱料，可以留到旅行中去慢慢惊艳。

滇越铁路沿线的开远，周边彝族乡村，除面酱、花生酱、芝麻酱以外，还另有一种酱——苞谷酱。和大多数酱一样，苞谷酱一般冬天酿造，那个时候天气——白天多阳光，晚间温度低——容易控制住发酵程度。和大多数酱一样，苞谷酱需要发酵两次，先要把炒香碾碎的苞谷粗颗粒蒸煮一下，拿捏成拳头大小的团块，置于阴处发酵一次。然后再打碎晒干，磨细和上大量辣椒面、花椒粉、草果粉、八角粉等香料，加上白酒入罐密封，再发酵一次，并且是长期慢发酵。

也有简约的变数，有的人家，把炒香的苞谷磨成粉末，捏成小团发酵，然后揉碎混合辣椒面、香料、白酒，直接进罐腌制。至于两种方法成酱味道的差异，以我的迟钝，那是感觉不出来的。苞谷酱做起来麻烦，造价也不低，工本不算，香料、白酒算下来，一罐常规大小的，没有两百块钱恐怕招呼不住。当地人有个说法，叫作苞谷酱划不来做划得来吃，苞谷酱比较经吃，一罐酱已经足够一家子吃，还不算上苞谷酱带来的饮食方便。

腌制经年的苞谷酱，已然老酱。那种老酱，在当地通常拿去对付草鱼、鲤鱼、鲫壳鱼、鲇鱼和鳝鱼等水腥物，以求味道醇厚。不过，苞谷酱老抽做得，生抽也做得，生切上一盘老品种面皮金黄个头矮胖的山地黄瓜，舀上一点苞谷酱作蘸料，滋味酽得起来，也化得开来，相当写意。

每到稻子收割季节，农活繁忙耗费体力，午饭要求油水要足，营养要够，还要快捷以节省时间。当地人新米饭一煮沥出米汤，米饭继续笼蒸，饭头上摆一海碗油罐肉同蒸。与此同时，那边几只老品种老派黄瓜，已经削皮切好，一小碗老酱早已舀得。新米饭配油罐肉，黄瓜就老酱，加上浓酽的米汤，有荤有素有汤，新老配合色彩鲜明，这种吃法，老让我想起一个几乎被遗忘的老旧词汇——将。

打个蘸水

打个蘸水，在云南话里面，主要的意思，就是去敷衍了事一下。至于一下的用时，一般来说，以不多于半小时为准。

灶台边打个蘸水，起初不是敷衍，而是苟且。蘸水西南多见，云贵盛行，事出有因：云贵山大水急，流通不便，缺盐少油的时候，蘸水是自给自足的实用招式。时令蔬菜一锅混煮，亦菜亦汤；如果加上洋芋、苞谷和南瓜，汤菜以外，甚至还是主食；油水全靠火腿、腊肉，滋味盐分依赖蘸水。这种叫作杂菜或者杂菜汤以及杂锅菜的样式，云南全省通行。

最简单的蘸水，就是一点盐巴。早先的盐巴多为锅盐，敲下一块，煅烧到通红瓦亮，汤汁碗里一扔，“吃啦”一声，盐巴的香味，便淬砺而出。当然，不到不得已如赶马人，决不会如此简陋。话说回来，以现在口齿的普遍迟钝，如果不是在山沟里嚼上个把星期的压缩干粮，这等盐香，断不能准确捕获。如此锅盐，往往富含多种矿物质，最适合腌腊。

然后就有了辣椒。干辣椒一般需要煳制。并非火烧，那样受热不均外煳里生，而是锅焙或者灰焐，直到外煳内脆，然后用手捻碎。如此辣椒，俗称手舂辣子。新鲜辣椒，焙焐以后，撕去表皮，然后撕成细条，这种辣椒，叫作手撕辣子。如果两种辣子兼而有之，那么这碗蘸水，最合吃鱼。二十年前，滇池水清鱼多，每到开海渔船上开饭，渔家通常用湖水混煮上一大锅鱼类，大小不管，品种不论，不刮鳞不捞鳃不开膛不剪鳍，水滚鱼熟，随手拎出一尾，往蘸水里一滚，只要顺鱼背抹下去那一口，其余尽数丢弃。

然后有葱、姜、蒜等素荤；对付腥膻，有花椒、草果、八角、山胡椒（木姜子）、芫荽、薄荷、野薄荷、藿香、荆芥、香蓼、地椒、水芹；缺乏酸醋，有酸木瓜、树番茄、梅子、移杭、柠檬、酸橙、酸腌菜、淘米水和米汤酸汁；香味多来自干货，芝麻、花生、豌豆、黄豆、麻子、核桃，炒香捣末，特别些的，德宏一带有烟籽，似芝麻而略小；不够浓郁，有卤腐和新酱、老酱。

盐、煳辣椒、葱、姜、蒜、花椒，是最常规的配置，荤素可蘸。云南南边，野生或家养的材料，非常丰富，不时可见妙物，以南亚人特别是印度人的眼光看去，这些材料包括辣椒，统称香料。哈尼人和苗人，常常把鸡杂氽水后添加进去，是真正的荤蘸水。山里的彝人，来得更干脆，猪狗等敲杀不放血，内脏和头脚零件一律氽水后明火烤到干香切作颗粒，作为主力，其他作料辅助配合，做成一碗内容丰富结构复杂的荤蘸水。

下霜的季节，也是燥火的季节。白天的太阳晚间的霜，使蔬菜们出落得青脆多汁有点甜。这期间需要煮上一盆小苦菜，水开即可，不放油盐，只打蘸水。特别火大的，可以先吃完蘸水苦菜，出上一头一脸一身热汗，然后等汤水冷却下来，抬手仰脖子不歇气，咕嘟咕嘟一气喝干。清不清火那不一定，但一定深感上下通透，身心愉快。

云南多山，以上基本就是蘸水的山地版本。河谷和热带地区，蘸水多浓酽如酱，其实根本就是酱。像西双版纳、德宏一带的喃咪，见酱不见水，完全不像通常蘸水，往往加入原汤去调汁，还是叫酱为好。河谷以及热带蘸水，通行小米辣，罕见煳辣子，通透发散的生辣，最适合湿热地方；香辛料也特别，大芫荽、苤菜之类，富含挥发油，杀菌效果也相当不错；酸味多取自柠檬、树番茄、干腌菜；苦味盛行，像

山羊汤锅蘸水

撒撇蘸水，其清苦的味道，取自牛的盲肠汁液和一种俗称香柳的红辣蓼叶，是极寒的东西。

打个蘸水，其实很有自助的意味，蘸与不蘸，蘸多蘸少，蘸长蘸短，全凭个人意愿。蘸水随蘸随淡，符合先咸后淡、先重后轻的味原则。蘸水也使烹调发生变化，云南不少蔬菜，烹煮前并不刀切，只是用手撕拧，并非沾不得铁腥，而是要让断面开张自然，方便入味。即便用刀，也是切撇结合，比如对付嫩小的南瓜，垂直轻切，横向稍微翻腕用力，便顺利分离。至于腥膻物如羊肉、活鱼，若要来得鲜嫩，白水汆煮后，一蘸即可，不也简便。保持本味，辅助主味，细想来，恐怕就是打个蘸水的良苦用意。

嗜好辛辣的，遇上过瘾到来电的蘸水，极其壮怀激烈，汗泪双滚，不时抬起头来，仰天吐纳；文静些的，也有如赵子龙大战长坂坡，使两根筷子，汤盆蘸水间，狠快稳准干净利落，杀它个几进几出。高潮时，但听见一声喷嚏，当阳桥并没有断开，只是头一歪，眼角筋穴跳突，张着嘴，爽翻过去；像我这种特别沉稳的，只是静若处子暗暗地吃喝，并没有太多的动作，就等大碗白饭上来，把自己那半碗蘸水倒将进去，闷头痛吃。完。

剁好再炒

剁是刀剁，炒是爆炒，既剁且炒，是为剁炒。

据说，大蒜的内胚和蒜肉，要充分混合，大蒜的作用，才发挥充分。如何充分？且剁且舂！早年在昆明，我遇到个四川人，他把生皱皮绿辣子和大蒜一起细剁，撒上点盐巴调些酱油，大夏天下饭，比较开胃。吃了几次，感觉生味重了些，我改作文武剁，绿辣子先在锅里炕熟或者烧熟，再同蒜剁。想得起来，加上几个小米辣进去，辣味更加复合，生辣结合煳辣，连上蒜辣，完全就是强强联手辣妹组合；颜色红白绿，冷色暖色中间色都有。

类似的剁，在云南，十分普遍，不过作料来得要多。有些作料，别处还不一定有，比如大芫荽，比如茎菜，少了这些作料，剁味大减，难以剁生，按刀四顾心茫然。好在大芫荽已经北上昆明，倒不难找，茎菜等等，也不时可遇。

剁它兄弟叫舂，原理比较接近，就是在外力的作用下，让主料和作料充分接触和融合，味料相生相克。区别也有，有些舂，沾不得铁器，替以石臼、木臼，避免铁腥。舂这个方法，作料来得要多，有一样是少不了的，就是辣椒，不是糊辣子，就是小米辣，各有妙处，看料下辣。有些东西，还非得舂来才吃得成，像山螃蟹，没有多少肉头，蒸煮来不大可能好吃，油炸、烧烤则夺鲜，加以苤菜等生舂，苤菜的挥发油克制住蟹腥，提纯蟹鲜，却是妙品。

剁完了，还可以炒。炒就不说了，一般人都知道，单说剁炒。剁炒在云南，主要是拿来招呼小型飞禽的，连骨带肉细剁，以骨头脆软的为上品。我倒是觉得，飞禽拿来，不必急于动手，褪了毛捞了肚杂，可以里外抹上点盐巴，晾上一晚上，略微发酵一下，逼去少许水分，然后剁炒，味道来得要更好，鲜香以外，还有腌香。如果实在等不得，也可以马上就剁，剁间就加盐，有黄酒也来上些，以剁代腌，然后揉两个干辣子，丢几颗花椒，旺火爆炒。

碰上骨头硬些的飞禽，刀功好且有闲心的话，可以剔下肉来再剁炒。骨头也不要丢，焯水后下到筒子骨汤、排骨汤或者鸡汤里炖，炖完汤还不要丢，下油锅煎香炕脆后，拿去下酒。

最后，说个家常的，腌菜炒剁肉。很简单，拿腌菜与肉同剁，间入黄酒和清水（算好盐分够了，就不必再加盐巴），花椒、干辣子跑油后，拿出来另做他用，剁料下锅一炒就是了。

万能松毛

快上学那两年，每逢节庆或者其他重大喜庆事件发生，我的视力范围内，一定会出现这样一道几道彩门：比公路宽比电杆高，上面插满松枝。

那些松枝，通常是云南松，作用相当于现在的彩色气球彩虹门。按我的观察，云南松系列中的思茅松，在哀牢山以南高黎贡以西地区，可以长到高大挺拔，在滇中滇东滇北一带以及滇西一部分，就有点困难，几十年下来，看起来还是没有多少变化。照林业专业人员的说法，思茅松一年可以春秋抽两次薹，其他品种的云南松，仅有一次。

云南松中极端的一种，干脆叫作伏地松，传说长在风大的山顶，俯身下去避风，感觉很舒服，后来懒得再起来。又说生在缺水的地方，四下爬出去找水喝，一去不想再回头。属于云南松中最顽强的部分。

春节和中秋节，家中待客的正房或者院子，通常会铺上一地新鲜松毛，恍若地毯。但所起作用，主要还是因为松毛富含挥发油，可以驱逐蚊蝇等扰民昆虫，提炼一下往高处提拔走走，那就是辟邪。早些年城市人家也铺松毛，但不便去采集，就出现了一种节日经济——卖松毛的。满山云南松的地方，用起松毛来，绝对不会缩手缩脚，必然大张旗鼓，偏远山区的乡街子、牛羊汤锅摊子、临时建筑大肆使用松枝，地下撒上松毛，还要随时燃烧些松枝松毛，用意其实很明显：对逐腥求荤前来凑热闹赶街的苍蝇们说不。

有年我到弥勒一个彝族山乡去做客，只见请客方家里的院子中，桌椅板凳一概没有，只是铺了一层新鲜松毛，还以为到达的时间太早，人家还没有准备好。其他客人好像见怪不怪，一边散站抽烟闲谈。慢慢眼的时间，只见一队双手托木制托盘的小伙子，从厨房方向出来，三下五除二，就在松毛地上，均匀地摆出有八个菜的酒席——原来这种酒席叫作地席，客人需要蹲在酒菜边上吃，盘腿坐下都很困难，这样一来，酒菜周边就很难容下八个人。

松毛干燥以后，拿去做燃料是个好选，记得在野外举火，引火材料，多半就是松毛，效果虽然不如松明，但更容易获得。松毛做建材都可以，缺乏稻草的地方，土基或者泥墙里面，就含有大量松毛成分，作为有一定韧性的牵引加强材料。

早些年云南的烤鸭，原料主要是地产小麻鸭或者云南绿头鸭成鸭，燃料采用松毛卷，这样烤出来，携带有一种特殊清香。后来流行起北京鸭，但燃料还是坚持本土化，没有用果木，还是用松毛卷。滇中玉溪一带的烤鸭，菜名非常直白，叫作“青松烤鸭”，所谓“青松”，也还是松毛卷，大概是干燥后的松毛比较脆硬，不容易成型，松毛卷的成型阶段，颜色还在青绿，菜名只是稍微穿越了一下。

真正使用青松毛的，是楚雄一带的烧豆腐挑子，那种挑子，火盆烤架上面，还要垫上一层厚新鲜松毛。楚雄一带烧豆腐，臭豆腐发酵程度比较深，我感觉可能是要以烤松毛的气息，压制稀释一下臭豆腐浓烈的气味，同时松毛也作为温控隔离装置用。那种挑子，昆明也有不少，翠湖边上转转，难说就会遇上一个。

真是靠山吃山靠水吃水，江南地方的小笼包子，蒸笼下面铺垫的，可能是一张荷叶，得水乡灵秀；滇中一带包括昆明，垫的却是一层松毛，取山野气息。按道理松毛要稍微新鲜些才好，蒸上两次气味不那么浓烈，给包子稍微赋予一点清香最好。马虎些的店家，哪里会做得到，松毛千蒸万热，已经毫无活力。就目前的形势来看，那点千蒸万热的松毛，也在省略之列。此落彼起，这三五年来，老有人张罗着把松针做成饮料，此事如大成，满山遍野的云南松，是幸是灾？

饵块饵丝

米。籼米、粳米、糯米、香米、杂交米；本地米，外地米，要什么米，有什么米；且慢，还有颜色：白米、红米、紫米、黑米、彩色米；且再慢，还有长短大小：长者铜绿，中间玫瑰，短者珍珠。米由稻来，稻它妈野生稻，云南、海南，稍微还有。

米。水泡、甑蒸、碓舂、模造，制成饵块。饵块切片，还是饵块；饵块解丝，那叫饵丝。直接切片压丝的，十分常见。但凡不细长如丝的，不论形制，都可以叫成饵块。拿捏米性不同，排列组合，单独、两掺、多掺，制成饵块，品种繁多，形状各异，颜色不同，再配以紫色云南石梓花、染饭花、黄花，花样之多，难以胜数——普洱墨江，这样制造饵块，这个哀牢山以南的县城，所制饵块，调和云南东西，融汇山南山北。

可方可圆可条可块。落落大方的，枕状浑圆，重达数斤，沉稳实在，投可以打贼，吃足够供应多人果腹，存还能水养数周；投机取巧的，小如香口胶，一嘴不够，半口将好；中间路线的，多半薄圆饼状，最合炭烧火烤。

一般来说，劲朗的炭烤，黏软的水蒸，中间的锅炒。大型饵块，横切成片可烧烤，再解成丁丝可蒸煮炒卤，随意变通，并不拘泥。早年昆明的炒饵块，多半用大型枕状饵块，分解成橡皮大小长方形薄片，配火腿丁、鲜肉丝、豌豆尖，浇淋甜咸酱油炒就，胶劲爽朗，风味浓郁，略带小清新，配汤享用。

山高皇帝远，民间饮食饵块，原本乡土低调，攀不上庙堂高度，偏生还巧，个别落难帝王，跑路极边，饥饿再大，到底还是大不过面子，囫囵吞下以鸡蛋、番茄、肉片炒成的饵块，饱嗝余暇，仍旧不忘威仪，还能大叹一声：救朕驾也！从此以后，保山腾冲一带，炒饵块叫大救驾。据可靠民间小道消息透露，明末永历皇帝吃过。

说到这里，如果理解起来，还有困难，那么这样处理：所谓饵块，就是云南风格的年糕，或者糍粑，只是主要原料，不是糯米，而是大米。农耕文明柔软与锋利及顽强的密码，可能就隐藏其中。

腾冲不单出饵块，还有饵丝，翻翻历史老账，并无明细，只有大数：三百年打不住，五百年还将就。腾冲城外胡家湾所产，最有号召力，柔软不乏筋骨，纤细久煮不断不黏，口感细糯，干净利落。妙处却在稍烫即可，下锅用时，比米线稍快，与卷粉相当。谦虚一点，算作云南之冠。感觉最好，要算小锅饵丝，鲜肉、鲜汤、鲜菜、鲜饵丝，煮滚就好。

小锅饵丝昆明也有，连煮带炒，叫卤饵丝，据说为旅昆玉溪风味店家所创，还是配汤享用；昆明腾冲之间，有大理巍山炬肉饵丝，宽汤重油，风格大气；昆明以东，当数曲靖蒸饵丝，看样口感清爽，滋味别样。

昆明状态最稳定的小吃中，有一味官渡饵丝，二十多年下来，味道基本不变。主打有两种：肠旺饵丝、三鲜脆哨饵丝。

血辣子

请注意，让诸位后脖子冷风嗖嗖的那种装置，叫作血滴子，并非血辣子。即便血滴子，也不值得大惊小怪，那不过是说书艺人、小说家和影视编导联合研制出来的虚拟作品，公等完全可以少安毋躁。倒是现实主义的血辣子，嘿嘿哈哈，还颇有些法力。

一般来说，逢年过节有喜事来客人，正是磨刀霍霍向猪羊的时候，一旦磨刀霍霍向猪羊，头道猛菜就有了。这头道猛菜，少数民族语言相当生僻难记，拿汉语说出来就非常简单，叫作血旺或者白旺，通常是滇南哈尼人的作为，也不排除其他民族活学活用的情况。

血旺的制作动感十足，蛮力结合巧力，颇得文武之道精髓，还需要团队合作：盆中先要放入炒香或者烤制好的盐巴，去接受喷涌而出的热血。这期间另一只手不能闲置，需要拿筷子单向搅动盆中的液体，至于顺时针还是逆时针，那

蒜苗炒血辣子

要看人家的个人习惯。这边正忙着搅和，那边的另一人动作也不慢，这时候已经取出一副正冒着热气的肝子或者脊肉，快刀切片，入锅炒到香脆，然后伴着第三人舂到细腻的葱姜蒜、炒花生、芫菜根等一堆作料搅入盆中。

还没有完，盆中的液体差不多转化成半固体的时候，第四人先撒一把薄荷进去，然后把一块烧到通红的栗炭扔进盆中，“吃啦”一声，白烟起后，白旺或者血旺，便告淬成。不过最后一道好像淬火一样的工序，有的地方却雪藏不用，估计是主食中的苞谷成分不重，不需要草木灰参与进去分解烟酸。

如此做派，其实并不遥远，昆明富民、禄劝一带，凉拌羊血在彝族人和苗族人看来，是一道必不可少的开胃好菜。昆明近郊的谷律，氽水鸡杂拌鸡血，三四年前，也是花椒鸡的前菜。两道菜中的羊血和鸡血，都采用刚刚凝结成块的鲜血，划成小块作为主料，拌上数目不等的香、辛、辣作料即成，个人以为味道出乎想象，鲜嫩爽口没有腥气。两道菜，都被当地人视为有清凉解毒效果的药膳。凉拌羊血，目前在一些乡下的羊肉馆子里面，偶尔还有出售，而氽水鸡杂拌鸡血，这两年餐馆里面已经不见，要吃还非得跑到苗寨村民家中，才可能会有。

云南东部的曲靖、文山一带，包括昆明东部的一些县区比如寻甸，杀年猪的一项重要副产品，非血辣子莫属。血辣子的制作，也要依赖单向搅动的手法，主料顾名思义，新鲜猪血以外还有干辣子。当然，辣子先要小火铁锅焙香，修剪成小段，加上必需的盐巴，这才装进容器，用来迎合喷涌而出的猪血。

等猪血灌满了辣椒，血辣子的前半程制作便算完工，但还远不到开吃的时候，还要加上白酒瓦罐腌制，用时间去慢慢培育造化。血辣子一旦成熟，其中的辣椒段，已然化解，和猪血结合到难分彼此。客居在文山一带的白族人，做血辣子采用的作料更多，除辣椒、盐巴以外，还要大肆放进去一些油渣、炸肠子、剁细的瘦肉，以及草果粉、八角粉、花椒面等香料，工艺相当讲究，成熟后的滋味，复合而丰富，简直就是血辣子中的奢侈版本。

血辣子的主要吃法，就是取来隔水蒸，是滇东乡村很重要的一道下饭菜。加点蒜苗或者新鲜香椿炒来，也相当不错，色彩对比还很强烈，看看就会食指大动。据说一个人如果青少年时期受过血辣子熏陶，一生都会受其感染，隔三岔五就要想方设法找点来解馋，不得则郁郁寡欢，胃口难开，这大概就是所谓血辣子的法力。至于来往游客，对盐分过重稍微有些普遍的不满之外，一般也会竖起大拇指，顶为好菜。

期待饵块

20世纪80年代，昆明最普及的早点，要算烧饵块，好点的是豆浆油条、米浆粑粑加鸡蛋，再上台阶，就是小锅米线、卤面、卤饵丝。

烧饵块的优势，在于既便宜又方便，这种蒸熟水发大米舂成的米白色薄饼，直径大约有一巴掌，时髦些说六七英寸，不管是走路的还是骑车的，靠过去招呼一声数量和需要的酱种，立等可取。卖烧饵块的，一律移动街边摊，喧哗于交通要道诸如十字路口、花园环岛一侧，三轮车上载上只大铁锅，锅中栗炭火，火上覆盖钢筋圆形烤架。饵块扔上去，明式手扇一扇，白炭灰飞扬处，饵块受热凸起；火钳跟上翻个面，手扇再扇，炭灰再起，饵块再凸，饵块这就好了，夹起来涂上甜面酱、辣面酱或者涂点卤腐，一个对折，马粪纸包好手捏处，吃客一手交钱一手取货，然后边走边吃或者边骑边吃，吃完嘴角有余酱。

据说还有种相当高级的烧饵块，并不涂酱，而是中间包裹上芫荽、薄荷拌好的卤牛肉片，卷成手卷吃。不过那种烧饵块，似乎并没有流落街头，而是降生在饭店酒肆，只是听说没有见过更没有吃过。昭通方向的烧饵块，形制比较特别，外面的烧饵块领结一样包着块金黄色的炸洋芋粑粑，且不说味道好坏，单是看样就很诱人，我还多嘴给那种烧饵块取了个绰号，叫作银包金。

云南遍处都是黄花粑粑，其实也可以看成烧饵块的变种。传统的黄花粑粑，材质介于饵块和糍粑之间，用糯米饭混合大米饭并混搭黄花碓臼舂击而成，体量小于饵块大过糍粑，颜色浅黄略透米白，一样也是炭火烤熟，蘸糖蘸蜜或者蘸酱吃。黄花学名鼠曲草，开春前后山野田埂到处都是，据说其中所含的某种成分，和制作儿童用药品宝塔糖的一种北极苔原菊科植物成分相似，云南农家开春以后制作黄花粑粑的另一个用意，就是当药膳处理，用来驱虫。

也不知道什么原因，市面上的烧饵块，好像还消失过几年，一时昆明满街都找不到，时间大约是90年代。那几年迷惘期一过，烧饵块渐渐恢复起来，但青睐渐少盛况不复，小心翼翼偏安于背街僻巷各处，形制也有所变化，与文化一样，也纵的继承横的吸收，比如夹油条，那是向煎饼果子和糯米团学习，再比如涂酱后夹些豆芽、韭菜、腌菜、茄子鲊、榨菜、花生等，那怕是向披萨学习的，居然还有人夹上条火腿肠，不知道的，还真以为是山寨版热狗，或者云南式肉夹馍。

只是这种学习，只得皮毛缺乏精髓，远没有学到点子上，口味改善不大不说，方便快捷卫生方面特色并不鲜明，依旧在传统小吃圈子里面起起伏伏打转转，还不如40年代摩登粑粑中西结合得恰到好处，好比条条山路通罗马，恰似当年昆明走过的特色国际化路子：头头一拍亮脑门，没有去罗马，脑筋一个急转弯，北边去了瑞士，然后掷地有声于齿间蹦出五个字：东方日内瓦！

中式米制快餐七荤八素，味道差强人意不说，还多有不便，根本不敢放到办公桌上或者拿到车上去吃；各种麦面粑粑洋快餐，方便倒是方便，但只耐得住一顿，多一顿就会口齿肠胃冒酸水；米线、面条早点可以，正餐不太想继续领教。烧饵块倒是可以连续吃，只可惜不能送餐还素面朝天，非要花时间亲自去各种角落采买，并搭上一块某卤肉，才得以解饥解恨。

作为一个坚定的大米饭主食主义者，不幸又是个卑鄙的“肉食者”，每当忙到手指头都不够用的时候，总是会对烧饵块有所期待：每条街边，都有一家漂亮的烧饵块小店；每家小店的品种，不下二三十种，荤素各半；机场、火车站、汽车站、加油站、收费站边肯定也有一家两家，并兼卖滚烫的大叶种绿茶水，赶路的时候，我需要一盒夹肉的烧饵块和一杯茶水；只要网上预订一下，我想吃的大号牛肉干巴菌烧饵块配泡鲁达，二十分钟内就可以送到桌边，可以边吃边干活……

上好的干巴、火腿、上好的各种肉、上好的蔬菜和花卉以及野生菌，云南应该都不缺，有荤有素有口感有营养，但目前还没有一张合适的烧饵块出现：耐得住天天吃，又便捷卫生的烧饵块，只能继续期待默默等待。名字其实我都替人家想好了，就叫“啊快”——饵块的块字不好对付，十多年下来，我就没有一次成功在电脑上敲出来；和外地朋友说起饵块，费上一番口舌打上一堆比方，还不一定说清楚。不如干脆整编成“啊快”，说起来也方便，“啊快，啊快”地一喊，想不快都不好意思。嗯，看着还有点国际化的味道。

苋米粑粑

维西苋米粑粑

头回在个香格里拉维西风味小饭铺吃苋米粑粑，就反复问了人家几遍，“苋米”到底是个哪样东西。老板娘费力解释了多次，但我脑子里面花枝招展的四个字，竟然还是“仙米粑粑”。老实说，拿苋菜籽做粑粑，的确有点仙，苋菜籽太过于细小，细小到极容易被忽略不计。

云南多数地方，苋菜统称小米菜，主要品种是红苋，也就是红色小米菜。一般只吃嫩秧，放点大蒜进去素炒，红酒一样的汁液，马上分泌出来，让人游思游走。此外焯水后凉拌或者干脆煮汤，也是两样家常菜。有点奇怪，善于打整蔬菜的云南烧烤，居然没有把此菜列入菜单，估计刷些蒜水上去烤来，味道不会比烤韭菜烤小瓜坏，营养也比较丰富。

小米菜以外，维西的田间地头房前屋后，还经常可以看见几棵高粱棵子，稀稀拉拉在那里招展，打听下来，才知道那几棵高粱，并不是种来当粮食或者饲料的，只是要那几个高粱秆顶子，去做扫把以及洗锅刷，竟在意料之外。维西攀天阁以及腊普河谷中的黑谷，也是样稀奇东西。那种黑谷，远看稻田中的谷穗是黑色，近看深紫色，碾出米来竟然是红色，果然黑谷红米。攀天阁位于白马雪山南麓，海拔接近 2700 米，黑谷红米号称世界上生长海拔最高的大米，有关这种大米的来历和种植，还有不少扑朔迷离的传说和故事。

以枝叶颜色区分，小米菜也就是苋菜，主要有三类：绿苋、红苋和彩苋。至于品种，当然不止三个，不下十几二十个。有种细苋，放养猪爱去拱吃，干脆就叫作猪苋。还有一种紫苋，古代的江浙一带，收取汁液去涂染红指甲，属于化妆品系列，吃起来味道却不怎么样。苋菜早先只是野菜，文字记载最早见于汉代《尔雅·释草》，后来当清热解毒中药用，目前是比较大路的蔬菜，主要流行于长江以南地区。

稀奇些的，要算江浙一带的苋菜梗，苋菜梗用一人多高年轻力壮或者苋到中年的绿苋秆，去叶切成寸段，入缸发酵腌制。用来做下饭咸菜，可以从腌缸捞出来直接吃，也可以蒸来吃。以我的口味，深感奇咸无比，仔细琢磨，似乎还有些停在香臭临界点上的回味。剩下那点卤汁，在人家看来，更是上好的东西，不拿去泡臭豆腐，都不足以平民愤。

相当出人意料的，莫非云南维西的苋米粑粑，是那种劳心费力小题大做的路数，上下求索也找不出来历：红苋菜不吃嫩秧或者苋秆，只等红熟结籽，然后打籽晒干收贮，遇到节庆或者来客，推磨舂臼成面粉，水调后炕烙或者油煎成粑粑。

苋米粑粑的颜色，白里透红略有黄意，口感有些说不清楚，酥脆和软糯都有一点，但都不明显，可能刚好就处在交界带上。至于味道，非要仔细琢磨，才有领悟，第一口第二口甚至第三口，极有可能吃不出个所以然来。半闭着眼睛暗暗调慢呼吸细细回味，滋味慢慢就出来了，此后一发而不可收拾，口口淡香，才香便散，琢磨不透，继续尝试的想法，想忍也忍不住。

在我看来，苋米粑粑这个名称，很容易引起误会，桌子上那一盘吃食，想破头和"粑粑"也联系不起来，形态和口感，更接近虾片，说成"苋米片"可能会好理解一些。想来维西是少数民族的聚居地，不少村寨，要找个懂汉语的人出来，并不是件容易的事情，"粑粑"一词，很有可能是当地语言误译成汉语的产物。我在维西塔城街上转悠的时候，就遇到过一种没有见过的菌子，卖菌子的告诉我，那种菌子，只有当地语言的称呼，没有汉语名称。

在维西风味小饭铺点完苋米粑粑，老板娘的话让我忍俊不禁：你轻轻地等一下，马上就好——语气相当有徐志摩的感觉。

苦味自知

苦是极容易被误解和忽略并回避的味觉。把持话语权的，稍微那么一理屈词穷，苦就被单独提出来，一直提升到哲学的高度上面，去概括人世的诸多不幸。这样一来，吃苦并非什么好事情，除非励志上位抱负远大，当作历练去看待。还好，苦倒不被传统艺术太过于回避，追求线条的苦涩，在中国书法和绘画里面，属于极高尚的境界。扯远一点，中国画重量级的人物石涛，就自号苦瓜和尚，个中滋味，“时人哪得知”！

要依我看，似乎并没有那么玄妙，逐苦得清，求苦得凉。苦的后面，分明就是清凉，“自清凉无汗”那样的清凉。老实说，逐苦求清也不怎么全面，苦是一个庞大的体系，为了方便说清楚问题，还得把祖传法宝“打比方”祭出来：苦如果凝涩，就很难被接受，比如黄连，叮住舌头咬定味蕾，毫不放松的苦，即便稍后冲肺浸肝，但为时过晚，好比死水潭；依此类推，咖啡就好比温泉，包容而热情；茶水接近溪流，富于流变；而澜沧野生小苦瓜，有点像间歇涌泉，一口下去，触动机关，清苦流动，口齿一新，明快感油然而生。

绕了半天，才绕到澜沧野生小苦瓜，见谅见谅。其实上古的味原则，早就如此宣称：春酸、夏苦、秋辛、冬咸。言下之意，苦与上火或者燥热对立。一般来说，苦去虚火，普洱的澜沧，是回归线以南北纬二十几度的热地方，一年只有雨旱两季，容易虚火旺盛，苦自然大行其道。这种小苦瓜，据说野生，整只炭烤后去瓤切块，蘸以卤腐、小米辣等热性蘸料稍加调和，并添加香料，整理口感。按我的理解，清秀而富有动感，通俗地讲，吃来既凉快又水灵，咬口还来得清脆。

开春这一季，云南多数地方，早晚凉白天热，空气干燥紫外线强烈风还不小。环顾周边人类，火大痘痘旺的，不在少数，吃点苦的，正当其时。刚好大理一带，树头菜大受欢迎；保山那边，刺苞椿深得喜爱；临沧团转，刺脑苞风头正健；西双版纳山野，“葩贡”枝头诱人——上述四味，其实就是一种普遍被叫作树头菜的山茅野菜，一种高大乔木的春发芽苞，且目前已经有人工种植。我尝试过，无论火腿腊肉炒还是煮汤或者焯水后凉拌，新鲜树头菜的滋味口感，均微苦略甜，芽脆苞糯，其中饱含的芬芳，明显感觉到出于大地，来自草木。有人甚至干脆把树头菜，抬举成山菜之王。

但山外有山，一山还比一山高，山那边是雪山。四、五月间跑怒江，一进碧罗雪山与高黎贡山间的峡谷，就有样稀罕野菜——竹叶菜可吃，连路边小饭铺都有。竹叶菜又叫雪山菜，学名长柱鹿药草，是一种野生百合科高山植物，通常生长在海拔 3000 米以上的高山地带，和内地那种竹叶菜——蕹菜即空心菜，完全两码事情。

不仅怒江，迪庆和丽江以及临近的西藏——整个三江并流区域不少高山上，都有竹叶菜，比如澜沧江流域兰坪的雪邦山。那个季节，大理古城一些餐馆，偶尔也会摆出来，只是看起来有点发蔫，也不能确定是否出自苍山。竹叶菜采摘的部分，仅仅是才冒出雪地一层层嫩叶片包裹着的芽茎，粗不过手指，长不及筷子，外表翠绿，远看略微有点像芦笋，内心渐变成鹅黄直至洁白，清水煮成菜汤，吃起来味道清苦，脆嫩回甜，苦未尽甘便来，让人心生感慨：苦和甜之间，原来可以这样完美过渡，不露痕迹。大侠书中，不食人间烟火的高人，多半放在雪山修炼，看来很有些道理。竹叶菜还另有个艺名，叫作雪山菜。

树头菜

澜沧小苦瓜

和三江并流其他区域一样，怒江一带，竹叶菜以清煮和混煮为主，峡谷里的各少数民族，传统上不擅长使用炒这类烹饪方法。竹叶菜不耐贮存和运输，三四天下来，本来鲜嫩多汁的芽茎，就会暗沉萎蔫到不堪，还不如焯水后就着好太阳晒成干菜，不少山区人家除鲜吃以外，还会大量干制，留着节庆待客用。

传说中最好的竹叶菜，出自贡山一带，丙中洛附近，这一带的竹叶菜，苦味下去一些，甜意上来一点，口感极好清秀可人，我怀疑这和降水量有关：贡山一带是个水汽通道，降水量要明显高于周边地区，每年有两个雨季，二月到四月是第一个雨季，江水上涨，当地俗称“桃花汛”。进入五月，降水减少，消停一个月左右，到六月份，开始进入第二个雨季。

拣稀奇的举例若干，主要意图，是因为以上几味，生长环境优异且视觉效果不错，容易唤起好奇和好感。不要嫌食材过于野逸，采集这个项目，在云南优势明显，不少民族早几十年前，采集为主种植为辅。总的来讲，在云南饮食中，苦这一味，相当普及极其平常，已经到了不能不说重要的程度，尤其是哀牢山以南以西和高黎贡以西“炎热”区域，几乎是逢餐可遇凡席必有，比如傣味招牌“撒撇”，又如开春满市场都是的火镰菜，以及苦感“深重”的大小苦子果。至于哀牢山以北以东和高黎贡以东“凉快”区域，苦味稍微下来一些，平常大路的就不说了，但诸如核桃花、青刺尖、迎春花、苦笋等食材，并不难“撞见”。春来无处不吃花，野生花卉多半偏于苦涩。

这样说来似乎并不准确，云南立体气候的所在比比皆是，北部随便一条河谷地带，积温就可能高于南部海拔稍高处，这些地方，一样“无苦不开饭”。

鹿药属竹叶菜

猛菜一二三

花椒鸡卖到昆明都是以前，吃要跑到谷律苗族家院子里才行。最早鸡现点现杀现煮，后来吃的人太多，店家投机变法，周末那几天，预先大锅十几二十只煮好，等候中晒太阳喝茶闲聊以及分泌胃蛋白酶的过渡时间，被悄然抽走，乐趣损失不少。我的损失大一点，挑鸡的机会没有了。最重大的损失，要算副产品那碗凉拌鸡血的消失。

菜叫凉拌鸡血，但其中还有鸡杂的事情：鸡血凝结后划块，鸡杂汆水切片装碗，再散上些芫荽末、薄荷尖、糊辣子、蒜泥、葱末、新鲜花椒、八角粉、盐，拌也不拌，上桌由吃客自己动手操办。但凡此菜上桌，看同桌的情绪变化，也是件有意思的事情：先是惶恐不安，稍安下来后还有点燥，千劝万说后动了一筷子鸡杂，也许感觉还不算坏，又在千劝万说下，终于动了一块鸡血。这下好玩了，如果想接着吃下去，碍于前面的矜持，干脆不吃又说服不了自己，心理问题都出来了。

谷律的凉拌鸡血，死于某年春天的禽流感暴发，此后没有外卖只有家做。讲究些的凉拌鸡血，鸡杂的处理程序，还要复杂一些，要晾干水分焙到焦黄，或切碎或捣粒，作为增味提香配料使用，同时也平和一下鸡血的寒凉。至于其他作料，要看当地有什么出产，出大芫荽加上大芫荽，产木姜子来点木姜子，有橄榄皮就刮些橄榄皮，等等不一。主料当然也可以置换成其他类型，比如羊血、猪血等，云南各地各民族视各自喜好，自有做派主张。

大理一带的猛菜，生皮无疑。洱海周边各乡镇，每到街天，午饭时间，几乎都会上演这样一幅波澜壮阔的场面：白凉棚下几十张矮桌铺开，桌边的青壮年男性，人手一盘生皮、一碗蘸水、一瓶白酒、一碗白饭。生皮生肉，向来我无所畏惧略有喜好，我知道稻草火烧猪时间不短温度不低，只不过整猪烤燎小环境密闭，冷却切片后看起来还很生。怕的是那点生肝片，从来不敢染指，好在当地人有解决之道，用白菜叶包裹猪肝，上火烧熟再切片。

按当地朋友的说法，其他菜一个不上，只要生皮上桌，酒席就可以开始，毫无不敬；但与之相反，只要生皮不上桌，其他菜上齐，也属怠慢。早年去大理喜洲朋友家吃生皮，还有不少讲究禁忌，比如晚上不吃中午吃，吃间喝点白酒，吃完当天不洗澡。最后一项，不少人以为奇怪，我倒觉得正常，洗澡身体消耗不小，不洗可以避免免疫力下降。大理目前生皮的品质，与从前相比，已经不可同日而语，蘸水上有些变化，火烧猪肉的材质也不尽相同，按喜洲那位老朋友的说法，要吃传统地道的生皮，可能要从找地方找人养土猪做起，时间起码要两年。大理山区白族、彝族聚居地，还有种羊生皮，边烧烤羊肉，边切割下来蘸蘸水吃，不过很难碰到。

类似大理生皮的样式，保山施甸、昌宁一带同样流行，相比大理，普及程度有过之而无不及。施甸的火烧猪肉，不用蘸水而是与各种辛辣作料同拌，有些作料还比较特别，其中菜花腌菜，要用老品种小油菜花腌制，特别讲究的，只要地边野化生长的菜花，口感细腻而特别。类似施甸的做派，临近的德宏一些地区，比如盈江、陇川、龙陵一带，一样风行。作料因地制宜，比如缺少小油菜花的河谷地带，可以采用柠檬或者酸橙代替。

不过说起猛菜，还是云南南部居多，什么鱼撒牛撒各种撒，白旺红旺其他旺，蚂蚁毛虫 UFO，人家看似寻常的东西，即便我这个云南人看来，从眼球到心脏，从生理到心

生皮蘸水

洱源右所生皮

理，具有震撼效果的，比比皆是。有年跑普洱澜沧孟连一些地方，路过版纳勐海勐遮一个傣族寨子，被当地朋友留下来吃了顿牛剁生。那天早上现杀的黄牛，取其中上好瘦肉，七八个精壮汉子一字排开坐下，面朝剁墩砧板舂具，各执刀斧锤等钝利器具，组成流水线，约1小时，就把牛肉处理成细腻的半流质，其间不断加诸各种各样的干鲜作料。回头一看，另外一队妇女，或烧或烤或洗或切或舂，也在一边处理各种作料。作料据说不下三十种，按在场几个老人的说法，他们年轻时候作料的品种，数量更多，起码翻倍。

云南常见的蜂蛹，"南派"的做法，难说不会让人心头一紧：打几个鸡蛋，与大黑蜂胖大白嫩的蜂蛹，一起烧汤。

牛肉面

云南水硬，大叶子绿茶又烈，吃起东西来，尤其是汤汤水水一类的，大刀阔斧火花乱溅，大碗勇嘴，刚猛得可以。稍感油腻，滚水大叶子绿茶化去。茶水喝得也涌，不停地掺茶倒水的那只手，一般叫作水手。这等鲁莽习气，到了异地，越发茁壮起来，成都、广州等地，小吃摊档上垒碗摞碟的一党黑瘦人等，不消多猜，多半就是云南人士——人家的小碗小碟小东小西精细制造，哪里耐得住砍杀！

异地的小吃再精细，却有两样东西不理想，一样是辣子，不那么对胃口；一样是酸腌菜，干脆没有。异地也有上好辣子，只是吃来，比不得云南强紫外线烘出来的来得周正热烈。酸腌菜一般上不了台面，却是第一等机要的东西，其间深藏着从形而下的滋味到形而上的乡愁等诸多密码，不可或缺。外地暂住云南的小吃，尤其汤面里面，也有像腌酸白菜、莲花白一类的咸菜或者泡菜加料，但均不含有云南腌菜里的特殊物质，所以，想要在云南生出根发出芽来，我看需要改良，以本土酸腌菜换取认同。

云南本土酸腌菜，粗粗看下来，主要有两种，其一叫水腌菜，市面上，以大理弥渡、玉溪新平一带所产的较好；其一叫干腌菜，也叫冬菜，比较近似于外地的霉干菜。干腌菜用在小吃上面，多见于卤面、卤米线，以及卤米线的变种豆花米线。早些年，艺术剧院边上海面馆的阳春面放冬菜，德胜桥通宵馆的老牌湖南面放冬菜。至于水腌菜，当零食都可以，是个早点铺子，一般会有细剁的一盆，汤面、米线、小锅，都要最后派出去压阵脚。

比如牛肉面，除薄荷、韭菜、葱花、芫荽、煳辣子、花椒以外，要紧的动作，就是要放一勺剁水腌菜，不然压不住面碱味，尤其是常见的鲜面。昆明周边的本土牛肉面，清真大酥牛肉面最受称道，早些年，大酥牛肉面主要集中在大观街、顺城街一带。

其他地方也有不错的，像弥勒寺附近原先有一家，出租车司机很喜欢，我去吃过，感觉牛肉酥得偏甜了点。80年代末期，吴井桥头也有一家，场合很大。他家的牛肉汤极好，味道浓郁汤色看样却很清爽。大酥牛肉帽子以外，其他作料一律自助。面一律是鲜面，下面的时候捎带下棵小苦菜进去。说来也怪，那棵和面一起透熟的小苦菜，味道不是一般的好，一碗料味浑厚的面，就此灵气十足，姗姗可爱，完全是点睛手笔。他家的面，常吃的几个，八点来钟吃过，十点刚过，又可能会摸过去，再吃上它一碗。

大观街拆迁后，有家牛肉面偏安于丰宁小区。做法还是老样子，肉汤是筒子骨熬的，酥肉里加了老酱，味道浑厚刚烈。老吃客再嫌远，也有忍不住的时候，花二十块钱打车来回，去吃上个五块钱的大碗。大观牛肉面老派但不保守，近年请师傅做起来拉面，面是拉面，汤料一如既往。类似这样的联手，最有可能是好手。至于市中心，马市口上去华山南路有家牛肉面，也相当不错，我连着吃了个把月，逮着机会，还是会自觉地跑过去要个小碗，去晚了还不行，面必然卖完。世博园白龙路进去云山社区的“家常缘”，早六点开张，午后两点收杆，一碗大锅牛肉面，我也连吃多年不厌。

牛肉面讲的是口味，看样倒不那么讲究，粗手大碗，风格雄强，拍侠客吃面的片子，刚好可用。这样的牛肉面，合适拿来思乡，尤其是秋雨淫淋的漫长雨夜里，拿来吊游子远客的口水，估计比姜太公的鱼钩要好用。

乳饼乳扇

突发闲想，跑到某古籍阅读网站，搜索了一把“乳扇”，结果一个结果也没有。“乳饼”的情况，却相当不俗，居然有一百多条，其中年代最早的一条，要算元代无名氏《居家必用事类全集》一书中“造乳饼”条目，其词曰：取牛乳一斗，绢滤入锅，煎三五沸，水解，醋点入乳内，渐渐结成。漉（滤出，显露的意思）出，绢布之类裹，以石压之。

琢磨了一下，感觉说的虽然是乳饼，但放在云南，原料和前半部分工艺，似乎更贴近乳扇。毕竟乳扇由牛奶制、乳饼由山羊奶做，早已路人皆知深入人心，成为云南惯例，乳饼中一旦掺进牛奶，便可以打入不真有假的伪劣行列，而乳扇不同，要的就是地道新鲜的牛奶。云南大理一带洱源地方制作乳扇，一般不用醋作为助凝剂，而是采用蔷薇科木瓜一类植物酸汁，如果连续制作，只要把头天产生的“酸水”留用即可。

避免酸与铁之间反应，煮牛奶的小锅，通常铸铝制作。操作过程动作连续快速，全然不像古书上描述的那么慢条斯理：操作者一手把一小勺酸汁加进热锅，接着舀入一汤瓢牛奶，另一手用两根长木筷快速搅动；不经意间眼前一亮，牛奶乳清已然析出凝结，顺势在锅中搅和成饼状；手取出一团木筷一扯，乳扇的大模样已然显现；最后一头裹上晾杆，另一头继续延展，并螺旋式缠绕上杆，收杆拿出去晾晒，阳光紫外线伺候。

这个让旁观者目不暇接的过程，并非统一定式，看过四五家作坊操作后，我发现各家手法和工具，还略有差别。作为意外福利，参观者通常会得到一小碗加了白糖的凝乳尝鲜。刚出锅的凝乳，非常嫩滑，一筷子轻易就可以捅到底，但想彻底一分为二，却并非易事，凝乳的延展性能超乎想象，似乎还携带复原基因，轻易还拿法不下，只好慢慢整团囫囵吞下。

每片乳扇的分量，通常为一市两，也可以根据需要变通。所谓需要，无非方便整片烹饪及其他，比如大理古城街头常见的夹豆沙烤乳扇，分量就不便太大。外输出去招呼外地人民，块头太大，也不太符合相对秀气的饮食作风。餐厅

乳扇就是用这样一块乳清拉出来的

大理炸乳扇

里面，一般没有耐心去夹沙炭烤，油煎撒糖即可，酥香软糯沙脆，这些似乎有些矛盾的吃感，居然全部都有。早先在昆明，轻易吃不到大理那样好口感的，以为新鲜度不行，或者还有气压湿度等“形而上”因素，请教了一下大理厨师，才知道主要是因为乳扇的水分挥发太多，需要预先补水回软再油煎，这样水分子受热汽化逸出的时候，顺便疏松了一下乳饼的结构。

想来产地对特产的了解程度，起码要高于非产地。除乳扇以外，大理剑川、鹤庆等地还产乳饼，但至少洱海周边地区，对乳饼的认知程度，感觉要远低于乳扇。前年春末夏初，我在大理古城街头，买到一块不错的乳饼，于是满世界找餐厅，想让人家做上一盘“水煎乳饼”，给同行的外省朋友见识见识，得到的结果令人失望——三四家餐厅的厨师，既没有听过也没有见过更没有吃过。要是昆明就不一样，水煎乳饼早年只是一种稍微上点档次的家常菜，吃过见过听过的，一街都是，想换换口味，那就“青蛙踏石板”——把青蚕豆米和乳饼小块烩在一起。

云南乳饼最主要的产地，就在昆明附近，早先叫路南，现在叫石林，阿诗玛阿黑哥们的手艺。目前红河弥勒一带的产量也不小，品质还不错。前两三年，我跑到红河开远周边转悠，发现不少村寨都有奶山羊，都在做乳饼。三转两转转到一家，相机我还没有掏出来，人家就把意外福利递过来了：一碗加了一大勺白糖刚刚出锅的凝乳。

比较起来，山羊凝乳结构的疏松程度，要远高于牛凝乳，口感相当利落，比豆花硬点比豆腐软些。凝乳稍微冷却一下，“绢布之类裹，以石压之”，就是乳饼。至于前面的工艺，与乳扇相当，也是用某种植物酸汁做助凝剂，加热新鲜山羊奶液，让乳清凝结。

水煎乳饼

云南式火锅

云南不少地方，老派火锅老派些的说法，叫作炊锅。不知道是为节约口水计，还是从发音流利考虑，吃火锅简约成吃炊，不知道底细的，一般听不出个所以然来。炊锅似乎并不是云南独有的东西，记得早先昆明宝善街和祥云街交叉口的东来顺，涮羊肉用的器物就是炊锅，据说并非入乡随俗，而是原来如此。

昆明市面上的炊锅，也就是这两年才恢复过来的。早些年要吃炊，只有老派些的亲朋好友家才有，轻易还不会做，要等到有些说法的时候，才会动手。做起来也确实麻烦，起码要准备上两天时间。说来还怪，吃炊的时候，一般都是天寒地冻的昏暗天气，恰好又在气息色调昏暗的老街老巷老院子里面，等炊锅端上老木桌，还真有那种明清调的意味，看看周围人等，也有那么一点遗老遗少的脸嘴。

90 年代我头回跑腾冲，去之前朋友就说，一定要去尝尝

“土锅子”，不然等于白跑。可是到了腾冲，把整个县城翻了个遍，也没有找到“土锅子”，仔细打听下来，结果是“只有家做没有市售”，时间还要等到清明时候。直到几年后，托朋友，朋友又托朋友的朋友，才终于在和顺人家的老宅子里，吃到了“土锅子”。定眼一看，和当年炊锅，还真是大同小异。

器物的特别，是云南火锅的一大特色，传统云南火锅的代表，一是昆明、玉溪、楚雄、红河一带滇中、滇南的炊锅，二是滇西保山腾冲的土锅子。

炊锅和土锅子的主要差别，也在于器物的不同。炊锅通常为金属材质，最讲究的炊锅，用白银打造，其次为铜材和铝材。炊锅的上部盛汤、菜，中央位置有烟囱；下部是烧木炭的火炉，形制古雅。有人还加以改良，在炊锅烟囱上加上烤盘。土锅子的器形和炊锅大致相仿，但更加厚重古拙，为腾冲城郊满邑村烧制的粗陶器。

炊锅的汤水最为讲究，一般采用原汁鸡汤、筒子骨汤或火腿骨汤，一般不另外添加作料，以保证质地鲜甜。炊锅的繁杂，在于荤素材料的层层码放，一般要依照“底荤上素”和“耐煮在下鲜嫩朝上”两个原则，并突出重点，考虑看样，把工艺最复杂、味道最有号召力、看样最好的，置于上层。通常上层材料，比如蛋饺和酥肉（黄条），工艺比较复杂，需要提前准备制作。目前一些炊锅，删繁就简，并不码放，而是汤沸后，由客人自助加进豆腐皮、玉兰片、粉丝、木耳、黄花菜、油炸豆腐、面筋、肉丸子、火腿片、白菜、青菜、豌豆尖等食材。

吃炊锅也比较随意，喜欢滗烂的，可以多来一会儿；喜欢劲脆的，稍煮即可。传统炊锅一般三鲜口味，比较清淡。盐分和辣味以及其他一些特殊要求，可以用蘸水调节，各种年龄段和不同口味的人，都可以照应周全。除传统三鲜炊锅以外，近年还出现了海鲜炊锅、羊肉炊锅、鸡肉炊锅。

土锅子采用的汤底食材，和传统炊锅大致相仿，也要提前码放，不同的是，汤里面的作料味要重一些，大概是因为腾冲地处比较湿热的边地。正因为地处边地，一些食材和做派更加乡土，比如要先码上一层晒干炸泡再水发最后片成薄片的猪皮，俗称黄皮或者泡皮，最上层点缀一层蛋卷。

至于各少数民族，通常擅长汤锅，有的地方，汤锅也叫作烂烀。汤锅大锅炖煮，如果再小锅分煮，和通常火锅，形式也有些相仿。汤锅从材质来说，有黄牛汤锅、水牛汤锅、羊汤锅、狗汤锅，毛驴汤锅；从民族来说，有彝族汤锅、傣族汤锅、哈尼汤锅等；比较出名的汤锅，有玉溪新平戛洒汤锅、石林羊汤锅等。

云南式泡菜

不晓得是不是缺失灵长类的某基因，我不怎么好水果，梨好些，新疆的小香梨更好些。心理因素也有，最先吃过的，可能都算不上是水果，野果而已，多数酸涩得要命。像杨梅，爬山下坎走一裤脚两鞋子的露水泥巴，费力拔气找着几蓬，抢个先手咬上一口，酸到捂着腮帮子乱跳，眼泪在飞。

酸到头的要算酸多衣。酸多衣鸡蛋大小，形制也相仿，果皮青黄相接，闻起来甜香清秀，只消一口，牙床立刻酥到根部深处。会吃些的，拿杨梅、酸多衣蘸盐巴吃，更会吃的还会蘸点辣椒面。

高寒山区的梨，照老眼光看，品种不大好，常见的火把梨，皮上居然有高原红，皮倒是薄，肉也算嫩，汁水也不少，就是会酸到龇牙咧嘴挤眉弄眼。甜的东西也有，黑藨（黑琐莓）、黄藨（黄琐莓）熟透就甜透，遗憾个头小甜意不宽。野樱桃也甜，树高难扯，又少。鸡嗉子也马虎算甜，还驱虫，籽多皮糙肉少。

这些东西，做猴子的食物倒合适。想想猴子们过得还真不容易，风餐露宿，一年到头野果树尖嫩叶，没有几样是不酸涩的。也怪，吃得生冷粗糙，肤色倒好，只只从脸部红润到屁股。作为伟大的人类，应当到猴子、猩猩中间布道，教它们使用火，让人家吃上熟食。可是现实很残酷，伟大人类不仅占领人家的家园，就是猴子们盼望了多年盼来的一只伟大的猴子，也加箍添咒为僧，发配到西天取经去，直接断了人家伟大的香火。

伟大的人类的伟大之一，就是善于改良。比如梨酸，就加以改良，先是玩嫁接，后来玩化学，现在玩到基因。也有因地制宜的：玩泡。梨拿来，冷开水里面一放，撒上盐巴，好了。味道改观不说，想什么时候吃，就什么时候吃。在云南个旧一带，酸涩的当地梨，已经被泡到极致。娃娃们玩掼：摇下梨，树根上轻轻敲打，梨皮变色后，放到梨树枝丫间别好，第二天露水散前取来一吃，味道酸甜之间，涩味基本没有。

除使用火以外，泡，的确是个伟大的发明，如果要预防猴子们用火的安全隐患，可以布道教它们学会泡野果，让它们扔掉掰苞谷（玉米）掰一包扔一包的坏习惯。泡妞就不必了，人家天生就会，不然哪里来的我们伟大人类？泡的好处在于改善味道，保持水分外观，延长时效，还有一条，开胃：妊娠期间，可能什么东西都咽不下去，泡的也许可以。所以，我以为，泡技术的发明人，最有可能是位妇女。烹饪技术里面，泡应当是冷加工的利器。

泡的对象，主要是瓜果蔬菜，也有拿鲜活生猛吃泡的，像大理的生泡洱海虾。泡得最多的，大白菜黄瓜豆角。泡遍处都有，记得老早张帝还编过首歌，泡菜泡菜地扯着嗓子吼，后来大江南北黄河上下关内关外跟着唱，可见泡菜分布之广，人心之深。

云南的泡，瓜果蔬菜外，还有野果，盐巴以外，多撒了一把干辣椒面。云南的傣味，不撒辣椒面，而是撒上把剁细的小米辣，里外透着股让人倒吸口凉气的生辣。这个方法，让善于吸收的川菜吸收进去，又全赖川菜南下北上东进西出，这股让人倒吸口凉气的生辣，现在已不鲜闻。

奇妙的来了，发明人还应该是位妇女。烹饪技术，泡这个单项上，妇女是学术领头人。云南四季水果，学术领头人反复攻关，把泡的普遍原理与云南的实际相结合，霹雳一声动地响，碎了几个玻璃罐，诞生一个云南泡。很简单，还是冷开水盐巴辣椒面小米辣，泡的时间不长，一天以内，让新鲜水果稍稍发酵，褪去生涩，外形也保持得比较好，盐巴辣椒提味而不夺味。新鲜水果以菠萝杨梅草莓主打，梨香蕉杧果等摇旗呐喊。

女人的创造女人爱。昆明的小姑娘（青年女子）、老婆娘（年龄大于青年女子的妇女），闻泡而动，像和平村和钱局街，最受广大妇女喜爱的地方，除服装店以外，就是泡菜铺，尤其是泡水果，备受欢迎。我尝试过，味道不错，兴奋之余动了改良的心思，建议以大片卷粉（片状米粉）衬底，吸收余汁，卷粉的味道，想不好都说不过去。

哦，差点忘了，如果哪位要到猴子中间布道去，不要忘记带上盐巴，辣椒面小米辣，当免则免。

下酒菜

去年九月底，滇西北干热河谷某个灌木低矮的山坡上，顶着大中午的大太阳，我正走得死去活来汗如蚓涌，突然就眼睛一亮，幸运地发现了棵枝繁叶茂的梨树。胸怀梨树一鼓作气突击到梨树下，还没有坐稳进阴凉处，歪头就看见了个老妈妈。老妈妈抢先发问：给吃梨？见我摇头，便再次发问：给喝酒？边说还顺手确定了一下我摄影包边水瓶里面的液体，到底是不是酒。

老妈妈的背篓里面，有一壶内容不详的酒，要么水酒要么白酒。山下路过稻田的时候，我已经被邀请过一次：收谷子的汉子，唰一下从田埂上薅出瓶大麦酒递过来，惊得我做了个体操比赛中落地不稳的动作出来，汉子在心里面，起码扣了我 0.5 分以上的印象分。类似的情况，前些年怒江中巴车上也遇到过一次——鼻子底下突然出现个酒瓶口在晃动——原来是几个喝转酒（一瓶酒轮流传递着喝）的伙子，邀请我同喝。那种转酒，一人一次只能喝一口，喝完要用手掌揩一下瓶口，以示恭敬，然后递给下一个人。

根本不需要下酒菜，喝酒就是喝酒，跟菜一点关系没有，认真考虑了一下，可能偶尔出现的一碟瓜子，可以算菜。前些年跑中甸，晚上到朋友家去玩，无非打打扑克吹吹散牛，但主人家不上茶水上青稞酒，搞不清楚是以酒助牌兴，还是打牌下酒。后来发现还有更狠的，去一些地方出差，等待上菜的时候，不由分说手边上已经被发了一叠扑克牌，桌子中间昂然一个托盘，托盘中挺立着一瓶酒几个玻璃杯。规则等等不一，输家喝酒却是放之四海皆准的真理，手气好也就算了，好赖熬得到上菜，手气背的，只怕是菜影子都还没有见着，已经可以回宾馆醒酒去了。

我喝瓶装矿泉水，甚至喝茶水，从来不需要下水菜，人家喝酒，也完全可以不需要下酒菜。不过我觉得，这么热的天，人未动汗已经出——动一动就是一头一脸一屁股一身体的汗，电解质损失巨大，有点盐分糖分补充一下最好，像老妈妈那样顺手吃上口梨，像赶马人那样顺手从皮囊里面摸颗盐巴炒石头出来咂上一嘴，最好不过。

传说早年赶马人的下酒菜，有一种就是腰杆上别着的一袋小石头。小石头盐巴炒过，讲究些的油盐炒过，咂起来有那么一些滋味，还不怕过期变质，相当富有创意。不过我听说东南亚一带，一些讲究些的餐厅，也有这样操办下酒菜的：拿着一盘子小石头烹炒个七荤八素，全玩石头皮面上那些作料，吃客都够轻易做到醉翁之意全在酒不在乎下酒菜。看来此道不孤。

老妈妈的办法，一样也有人呼应，比如元江河谷一带。云南最热的地方，到底在哪里不好说，但元江河谷的炎热，进入三强，我看一点问题没有。从元江回来，如果还有人叫我去桑拿，翻脸的意思，都会明显冒出来。热归热，酒还是要喝，比如钻到棵大树底下去躲阴凉，正赶上那棵大树是牛肚子果树（菠萝蜜），又恰好牛肚子果成熟，那么很有可能遇到一伙正在树底下喝酒的人。

下酒菜，正是牛肚子果。还怪，牛肚子果下酒，喝起酒来就像喝水，好像根本不会喝醉，估计牛肚子果里面，是有点什么特殊物质，能够把米酒瞬间改造成琼浆。那种时候，理解起《西游记》里面，吃蟠桃还要喝琼浆，就一点也不会费解。不单牛肚子果，有回在河口，头晚有点酒多，第二天早上去喝越南中原冰咖啡，听从当地朋友的建议，说是还要喝点啤酒回一下神，酒才醒得快。啤酒下去一杯，起先还越发昏头杂脑神志不清，人家顺手上了一盘凉拌青杧果，我顺手吃了一牙签，我的天啊！立刻看山是山看水是水，眼前一派青山绿水，青山绿水中隐藏着一个巨大的果园，满园飞翔着青杧果。

以弹射速度站起来，我感觉刚刚被电击过——辣我不怕，那种青杧果，它就不是一般的酸——有时候无声的惨叫，要比有声的惨叫更惨。等回过神来，酒也彻底醒了。

好吃不过杀猪饭

杀猪饭的号召力，不在滋味，而在气氛；杀猪饭的过瘾处，不在喝酒吃肉，在于动感热烈；菜有菜香、肉有肉味，杀猪饭的滋味，在于自然本味——年猪通常特别饲养，食物传统、生长期较长。

杀猪饭是云南不少地方的过年习俗，通常在腊月间操办。一进腊月，农村乡镇人家杀年猪的时候，都会摆上几桌酒菜，请邻居和亲朋好友吃上顿饭，即杀猪饭。往往一家请罢，另一家又有请，以致整个腊月，成为杀猪饭时间，杀猪饭月份，基本都在吃杀猪饭中度过。吃饭时间难免有冲突，不好推辞的话，还要跑场去吃。不过就目前来看，一个或者几个村寨杀猪饭的频率和节奏，往往被悉心调配到恰到好处，欢乐热闹的年前气氛浓郁。

吃杀猪饭的时间，一般在下午五六点，通常先要有个公开或者不公开的祭祀活动，然后才开饭。主人也会在席前席间说些祝福话，期望来年平安红火。吃杀猪饭的客人越多，气氛越热闹，主人越高兴，很有些民间面子工程的意味。稍微提醒一下，吃杀猪饭，不必红包和礼物。

滇东北曲靖宣威的杀猪饭，是云南汉族杀猪饭的典型代表。宣威杀猪饭至少要做八大碗，常见的有红烧肉、千张肉、炒猪血或者猪血汤、炖酥肉、炖排骨、凉拌猪头肉或肚肝和猪头肉拼盘、高丽肉、坨坨肉、扣百合、小炒肉、猪心肺或肠肚菜汤，此外还有八宝饭、煮长菜、炸洋芋、炒莲花白、菜豆花，以及宣威独有的炒黄豆腐等乡间农家素菜。就目前的情况来看，宣威杀猪饭已经进入城市，有精细化方向发展的趋势。

顺便说一下，坨坨肉原本是彝族特色菜，但彝族坨坨肉的取材更加广泛，牛、羊、猪、鸡以及其他动物都可以采用。坨坨肉主料，煮到刚刚透心即可，早先的作料，只有盐巴和煳辣子，近年取材趋于广泛。一些地方，杀猪饭没有坨坨肉，取而代之的是凉白肉。

大理白族的杀猪饭，采用火烧猪的技法，先用稻草烧燎猪皮并用火灰焐透，然后冲洗干净才开膛。其特色菜火烧生皮嫩脆不韧，散发出一股稻草特有的香味，吃法是直接蘸以特制调料即可，是当地最受欢迎的头道菜。

保山施甸布朗族人家的请人吃杀猪饭，表达出来相当低调——来我家吃箸腌菜——把请吃杀猪饭的本意，用腌菜指代进去。不过腌菜拌火烧猪肉，却是施甸杀猪饭远近闻名的特色菜，其中腌菜，有些是用野生油菜花腌制的，要提前很长时间准备。其他的特色菜，还有五花肉蘸猪血。再往西去，德宏杀猪饭特色菜，有炸猪皮蘸腌菜膏。

滇南哈尼人一旦磨刀霍霍向年猪，头道猛菜就有了。这头道猛菜，汉语叫作血旺或者白旺，也不排除其他民族活学活用的情况。血旺的制作动感十足，需要团队合作：盆中先要放入炒香或者烤制好的盐巴，去接受喷涌而出的热血。这期间另一只手不能闲置，需要拿筷子单向搅动盆中的液体。这边正忙着搅拌，那边的另一人动作也不慢，已经取出一副正冒着热气的猪肝、脊肉等，快刀切片，入锅炒到香脆，然后伴着第三人舂到细腻的葱、姜、蒜、炒花生、芫荽根等作料搅入盆中。盆中的液体差不多转化成半固体的时候，第四人先撒一把薄荷进去，然后把一块烧到通红的栗炭，扔进盆中，刺啦一声，白烟起时，白旺或者血旺，便告淬成。

杀猪饭的副产品，便是云南民间腌腊，云南最主要最出名的民间腌腊，往往就在其间腌制，比如火腿、腊肉、琵琶肉、吹肝、骨头参、猪肝鲊、血肠、血辣子、油底肉。

彝族、白族、哈尼族、景颇族、傣族、纳西族……云南很多民族，不同的地方，都有不尽相同的杀猪饭，但菜蔬的新鲜生态和主人的热情好客，以及客人间的热烈互动，氛围却是相似的，融入其中，便会由衷地感叹道：这才是过年！

楚雄沙桥千张肉

孟连民族宴席

好吃不过霜冻菜

昆明冬春季饮食流行趋势里面，如果没有蘸水苦菜的面分，按昆明人的脾气，估计也起不了什么大波澜，管人家流行不流行，蘸水照打、苦菜照吃。毕竟有所不爽，私下议论起来，必然认定发布机构权威不够，不了解市情，有山寨老表版讯息的嫌疑。

蘸水苦菜中的苦菜，有大苦菜小苦菜之分，照铁杆拥趸钢板粉丝的说法，大苦菜相当于大乔，小苦菜很接近小乔，均清爽回甜回肠荡气秀色可餐，甚至认为大小苦菜汤搭配煳辣子蘸水，相当于服装中的黑白配，做派经典，时效持久，如果不是过于简约，找机会推举成云南名菜的心思都有。

生命在于折腾，味道全靠打整。要根究其中的原因，理出头绪，还得把祖传老牌打出来，从天时地利人和几方面入手。

要说天时，就不能不提著名的昆明准静止锋：冬春季节，北上的暖气流和南下的冷空气，两大气宗高手，在云南东部贵州西部一带，针锋相对相持不下。高手相遇，多半平手，因此将近半年时间，昆明一般阳光灿烂水分稀少，空气相当干燥，让人欢喜让人忧。

到底是高原，海拔将近2000米，加上空气干燥保持不住温度，太阳一下去，气温掉得飞快，幸福消失得突然。凡事有利有弊，白天有阳光晚上有凌霜，冰火两重天，却成就了蔬菜的好滋味，以白菜糯萝卜脆苦菜甜最为突出。特别是苦菜，脆嫩多汁筋透质润，下滚锅即渝熟，几乎碧绿略微透明，入口很化、几乎无渣、丝丝回甜。怕上火吃蘸水苦菜，来上一碗不放油盐的苦菜配蘸水，冬春季节，正是昆明人补水下火的秘方。苦菜吃完，舀上碗绿色的冷汤汁，咕嘟咕嘟一气灌进肚子，清凉无汗感立现。至于蘸水，在普遍嗜辣的昆明，有盐巴和煳辣子，就算正宗地道。

苦菜的影响力，力道绵远，还另有余韵。在苦菜味道最好最美丽的时候，就着白天太阳晚上霜的天气，继续操练——苦菜整棵洗干净，挂晾起来晒到半干，或切段或不切，置于大簸箕当中，放辣子放盐巴放白酒放花椒面放小茴香面，用力将苦菜中的残余汁水揉出，与腌料充分融合，然

霜打苦菜

后压入扑水土陶罐，等待时间把苦菜历练成腌菜，成为昆明人甚至云南人最重要的胃蛋白酶激活体。据说，只要有一碟腌菜，就完全可以治好家乡宝的思乡病。

有意思的是，即便跑遍市场，也很难见到本地腌菜的踪影，昆明腌菜的主流，不是弥渡腌菜，就是新平腌菜。有小道消息说，弥渡和新平，大棚稀少，苦菜和腌菜，品质都很好。

最后，提醒注意一下，不管是水腌菜还是干腌菜，腌制腌菜，一定要大苦菜。

腊月腊味

农历十二月习称腊月，云南各地众多民族，不一定都过年，但主流活动可以一言以蔽之：准备过年。

何以准备？磨刀霍霍向猪羊。云南地形复杂气候多样，主流天气情况却大致白天太阳晚上霜，方便操作适合腌腊。各地物产不同风俗各异，腌腊的品种林林总总涵盖广泛，粗略罗列一个单项，就足以排满一票土产畜产“进口”公司出货清单：各种火腿、琵琶肉、腊肉、暴腌肉、项圈肉、猪脸肉、油底肉、鲊肉、腊排骨、腊猪脚、卷蹄、吹肝、血肠、血辣子、香肠、骨头参、猪肝鲊、江边辣……

从制作原理使用材料角度去看，我把骨头参、猪肝鲊、江边辣合并为同类项，虽然名称各异，但都属于边角料高盐重辣腌制项，适合下饭可以调味。江边辣产地金沙江（丽江段、迪庆段）各民族，通常自称江边人，颇有些自豪的意思。江边相对炎热河谷地带的物产，其余不表，河滩地土壤气候适合种植辣椒，辣度也高，与周边高寒山区高山牧场对应比较，算得上值得骄傲的物产。腌制江边辣，自然要比骨头参、猪肝鲊多放一些辣椒，还不完全采用粉末，突出辣椒的视觉冲击效果。

其实几乎每种家畜，身后都是一系列腌制物，比如各种风格不等产地各异的干巴、风干肉、罐腌蹄脚、腊鹅、板鸭、腊鸡、风鸡，逐一列举清单太长，各位可以根据见识经验，自行脑补一下。

鱼我所欲也。虽然位处内陆，云南却不乏江河湖泊水库，六大水系摆出来，封个“亚洲水管”称号，不算过分。大江大河先不说，各种大宗干鱼、腌鱼摆朝一边，云南遍处都是的稻作系统，就是个涵养鱼类的场所。鱼类的腌物，我觉得比较有意思的，宜良“扑鱼”算一例。扑鱼制作也不算复杂，无非鱼块、盐巴、辣子、花椒、草八果等混合，常规腌制。讲究的是入瓦罐后，用稻草盘辫塞封罐口，倒置于阴凉处，完全是个独特的水分控制系统。此外傣家人的鱼鲊和干鳝鱼、哀牢山哈尼族的泥鳅干、腾冲荷花水泡鱼，也很有特色。

腌腊季不仅有肉类，水腌菜、干腌菜、腊腌菜等，随处可见；萝卜条、韭菜花、鲊膜、茄子鲊、豆豉、卤腐、老酱

熏制腊味

吹肝

不时可见；芋头秆鲊、海菜花鲊、辣子鲊、腌弯根、菜花腌菜、扑藕，比较罕见。滇西南德宏一带及周边的腌菜干，算当地一种味觉表达特征发酵食物。苦菜或萝卜缨洗净晒干，用米汤汁水浸泡熬煮后，再次晒干，接着又浸泡熬煮晒干。如此再三，终得腌菜干。腌菜干方便携带容易保存，简单烹饪一下，当地风味即刻显现。

云南卤腐大致有酒卤腐、油卤腐两类，农家自腌的，常见用菜叶包裹隔离、保湿，俗称菜叶子卤腐。与其他地方的卤腐一比较，云南卤腐“化”而入味即发酵程度高的特点，显露无遗，以致一些“家乡宝”意识浓厚的云南人，不由自主敝帚自珍道：云南卤腐甲天下，不服的，放意大利、西班牙蓝奶酪过来！

说说咖啡

办公室有台咖啡机，喝咖啡等5分钟可取。咖啡豆云南产，烘焙主要有三种：法式深度烘焙、都市中度烘焙、肉桂轻度烘焙。不过我经常混搭，比如以“深度”的香醇混合“轻度”的酸纯。

我头回喝咖啡，是在昆明金碧路上的南来盛。那天怀着颗刨地雷的心跟朋友去的，进去一看厅堂幽暗，和电影上的画面大相径庭，不时髦也不浪漫，装束做派只相当于当年一般冷饮店。里面的东西，不算贵也不太讲究，咖啡大锅熬煮，买好小票递进窗口，一洋铁皮瓢热咖啡，就倒进口径10厘米无把粗瓷高茶杯里面，加糖不加钱，加奶加钱，然后自己端到座位上去。排队等咖啡的时候，两三个“街壁虱”（“虱”音色，街头混混的意思），很“抖草”地把小票粘在下嘴皮上，一说话扑拉有声，抖草抖出了声气。

南来盛兼卖一种俗称“法国硬壳面包”的羊角面包，不好吃也不算难吃，但硬度极高，估计一面包飞出去，背时些的狗中招都会昏倒。还比较经饱，饿了喝口水下去，就会又撑起些肚皮来。那种面包还耐“整”不容易坏，学生娃娃出去旅游，一书包一书包地背出去当顿饭吃。早年南来盛很可能是越南共产党的地下交通站，胡志明“胡伯伯”在昆明活动的身份，有一个，就是南来盛的面包师。

隐约记得南来盛卖两种咖啡——越南咖啡和云南咖啡——传说南来盛最早是个越南女华侨开的，而越侨坐着小火车顺滇越铁路来昆明开店那些年，想来越南还属于“法殖民地”阶段，越南咖啡的来路，只怕脱不了法国的干系。穿越一下想想，云南咖啡的东路来源，还是法国传教士“闯的祸”，整半天越南咖啡和云南咖啡，都基本属于一个套路体系。

真正见识越南咖啡，是在河口一家咖啡店，越南美女过来开的，卖越南中原咖啡。河口天热，她家主打冰咖啡：先是放了炼乳和冰块的咖啡杯上桌，稍后装在滴壶里的冰咖啡才过来，马上扣在咖啡杯上，咖啡缓缓“漏”进杯中，水乳交融。滴壶是种过滤装置，据说最早是从法国传来的，看来本土化的路子已经走了很久。要说本土化，佐咖啡的那盘盐巴小米辣凉拌青杧果，那才算彻底。

去南来盛那些年，云南咖啡街上也有售，粉、豆、碎颗粒都有，记得好像是“云南农垦”的牌子。有回心血来潮，跑到火车南站斜对面的塘子巷燎原商场，买了两罐颗粒的，宿舍里用电炉煮着喝。颗粒的比较方便，煮好后稍微“镇”一下，颗粒沉底不必过滤。至于佐咖啡的“点心”，比较本土化，不过是那些年是条街就有卖的“喜洲粑粑”。

后来街上慢慢就有了些酒吧兼咖啡馆，什么金三角等的主要分布在南窑和白塔路一带，大概是因为老外比较多。咖啡基本都是些速溶的，“麦氏”和“雀巢”，喝的人看起来不多，偶尔见着那么一两位，用小勺子在那里喝得吱吱有声滋滋有味。当然麦氏和雀巢也被本土化稍微“化”了那么一下：当年算奢侈品的咖啡空瓶和植物脂末伴侣空瓶，常常被用来做茶杯，男女老少咸宜。

按说云南是中国咖啡的主要产地，可树上的咖啡豆，我是喝咖啡多少年后才见识到。2007 年跑澜沧茶山，林子里转悠了一上午，突然有人一声高呼“咖啡咖啡”，顺手势方向看过去，青枝绿叶间红色咖啡果清晰可见。据说那是 50 年代种下的咖啡，后来被撂荒，偶尔会被当地的娃娃们采一点下来当水果吃，不要果核吃果肉。但仅仅十几年过去，咖啡的种植面积已经非常可观，昆明街上的各种咖啡馆，随处可见。

云南水酒

海量传说中，云南正是大口吃肉大碗喝酒的所在，可是又偏生出乎意料，其间夹杂的攻略以及小贴士，却醍醐灌顶相当冷静：云南不出好酒！仔细斟酌下来，发觉所谓好酒，言下之意多半特指高烈度的蒸馏酒，而低酒精的发酵水酒，有意无意间被尽数忽略。要知道在云南各地，走清淡路线的水酒，古往今来大行其道，男女皆爱老少咸宜，涉及物质和精神生活方方面面，不啰嗦两句，有失公允。即便蒸馏白酒，云南热衷小曲清香型自烤酒，且每地甘饮其土之有，并不跨境交流。

水酒的酿造，云南各地的工艺大致相同，原料涵盖五谷杂粮：大米、糯米、大麦、小麦、荞麦、苞谷（玉米）、青稞和高粱，甚至会出现苋米或者鸡脚稗，或单用或几种乃至多种混搭。即便原料相同，因为酒曲、水质、气候、海拔的不同，以及工艺上的细微差别，最后的成果，也风味略异和而不同。尤其是各地采用的酒曲，往往差别较大，甚至一山不同一山，多用当地所产的酒药植物配制。

民间酿制水酒，工艺控制算不上太严格，同一种水酒，不去说两地间的会有不同，就算同一个师傅的手艺，一锅酒和另一锅酒的滋味，出现较大差别的情况，也经常发生。所以要喝到上好的水酒，往往还有个运气成分在里面。一般来说，冬天气温较低，控制起来相对容易，出好酒的概率通常会高一些。

最普及的水酒，当然就是甜白酒。甜白酒通常糯米酿制，糖分高酒精度低，阴柔有余阳刚不足，算作饮料恐怕更确切些，但其中的固体物质要多于液体，吃起来可以，饮起来还有点麻烦。心灵手巧的某位，干脆用榨汁机把甜白酒打成乳白色的浆汁，再分装进时尚些的玻璃容器里面，不仅口感有所提升，整个氛围也和传统吃法完全不一样，炎热天气来上一杯，有让人身心同爽的功效。

辣白酒比甜白酒发酵程度要高，糖分有所下降，而酒精度上升不少。辣白酒云南遍地飘香，难以胜数，各少数民族多半各有心得。知名度较高的，北有彝族、普米族、纳西族（泸沽湖边摩梭人所酿，恐怕是最先为外界普遍知道的）的苏里玛，南有阿瓦山佤族的布来隆、怒江傈僳族和怒族的杵

苏里玛酒

酒，以及拉祜族和独龙族的水酒、布朗族的翡翠酒、苗族的米酒辣。

酿制辣白酒所用的谷物，并不需要去除外壳，以便储存酒精等有效成分。需要饮用前，只要用温开水浸泡酿制好的谷物，长则一晚短则几小时，再用纱布或者滤网一挤压，滤出的就是酒汁，其中悬浮物较多，酒色不太透明，大约就是古人所谓的“浊酒”。辣白酒度数普遍不算太高，口感绵和醇香清凉甘洌，没有酒力的，也可以大口痛饮。一些稀释程度较高的辣白酒，酒精度和甜白酒或相仿或不如，非常适宜暑热天去乏解渴。但凡事总有例外，我喝过几次头道滤出的苏里玛，那也是绵中藏力不可小看。

辣白酒再经过窖藏窨制，深藏不露经年后，酒精度再次提升，酒色瑰丽，酒体清透，酒液黏厚，酒味醇厚，酒劲绵长，酒性温润，已然成为老酒陈酿。不完全列举一下，计有丽江纳西族窨酒、藏区传统青稞酒、彝族彝家老酒、哈尼族紫米酒。温润的老酒，最合适冬季饮用，冬季清冷的空气中，如果有几束阳光通透而过，加以衬托，那会非常写意。如果还要大写意，那就要围坐在火塘边，对酒当歌以歌下酒。

最奇特的水酒，要算传说中的树头取酒：直接在董棕树干顶端割出切口，让富含淀粉的董棕汁液，流入下方备有酒曲的容器中，直接在树上发酵成酒。不论口味如何，创意绝对高古，比起丁聪先生啤酒管道供应、费用按月收取的构想，不仅来得还要幽默些，也不必劳力费财去安装什么管道。

水酒虽好，度数不高，但是后劲很大，饱饮之后，一旦吹风受凉，读秒只要读到四五六，最多七八九，必然脚软头晕中招，不知有汉无论魏晋。不相信的话，可以参考一下古人的词句：三杯两盏淡酒，怎敌他，晚来风急。

木瓜水和柠檬水

往大处去说，作为云贵高原和横断山脉两大地貌区的分界线、元江和阿墨江的分水岭，哀牢山绝对是一条对云南气候影响巨大的山脉。从小处来讲，可以把哀牢山看作云南本土特色冷饮——木瓜水和柠檬水的分水岭：哀牢山以北和以东，多半是木瓜水的辖地；哀牢山以南及以西，基本算柠檬水的领土。云南不少事情，很难绕开这条看起来并不那么高大雄健的山脉。

当然只能算作大概分布，木瓜水和柠檬水，既不是垄断行业，也没有建立地方保护机制，木瓜水要往南自由迁徙，单凭一条哀牢山脉，显然不能够悉数阻挡；柠檬水想南水北调向北扩张势力范围，技术条件已经具备。即便想要融两水为一杯，搞搞木瓜柠檬水或者柠檬木瓜水的新意思，可行性也不是一点没有。

木瓜水其实和木瓜、番木瓜关系都不大，有木瓜之

假酸浆

名，无木瓜之实，只是借名面世。木瓜水的主要原料，来自一种外来茄科植物假酸浆的籽粒，其中含有丰富的果胶。假酸浆原产于南美秘鲁，落户在中国各地后，相继衍生出一批汉语地方名称：鞭打绣球、冰粉、蓝花天仙子、苦莪、田珠、大千生。云南的假酸浆，一般栽种于田间、地头、屋角、沟边的狭窄闲地上，非常不起眼，粗看会以为是蔓生的杂草。云南人把这种植物与木瓜扯在一起，是因为民间管它叫“草木瓜”。

木瓜水和柠檬水，都属于低成本简单制作。制作木瓜水，只要在清水盆中轻轻搓揉用纱布包裹起来的假酸浆籽粒，其中富含的水溶性果胶，便悄然溢出溶解于水中，看不见也摸不着，气味也不十分强烈，但一丝显然出自植物的奇异清香，已然爬升到鼻翼周边，撩拨着有关清凉和香甜的诸多想象。

接下来的事情，可能对想象稍有不利——要用一点清石灰水或者牙膏稀释液作为凝固剂，激活漫游在清水中的果胶，使之凝结成水晶冻质感的凝胶——一旦成功，画龙点睛那样的快感随即涌上心头。这个过程有一定的技术含量，尤其是清石灰水，如果分寸拿捏不准，过度剩余部分混迹在凝胶中间，必然败坏口感。

游浮水中的凝胶，晶莹剔透与水一色，如果不去触碰一下，用眼睛很难分辨出来。这种凝胶清热解毒、止咳祛痰，尤其是其中的某些微量物质，还有镇静作用，有利于形成“心静自然凉”的大好局面，作为冷饮的基质，深得内外兼修之妙。

要成为常规商品木瓜水，镇凉的凝胶和清水，还要用小容器分装，添加红糖水、玫瑰花糖和炒香白芝麻，早先还有红绿丝（细条状果脯），近年通常和米凉虾（小条米粉）混搭。如果再加上些果汁或者酸梅汁，那当然属于特色木瓜水，口感独特新颖，鹤立鸡群于木瓜水之林，只是不算常见，引为遗憾。

通常的木瓜水，口感算不上十分奇特，其中添加的玫瑰花糖，仅仅是深入云南寻常百姓家的平常调料，真要找出点特别来，恐怕还只有其中的凝胶，柔软滑润透明动感，时不时可以把思路往荡漾那个方向引导。但凡事都耐不住熏陶，长期特别是从小生活在木瓜水环境中，难免在口感的形而上，添加上一味重量级的调料——情感。

比起木瓜水，制作柠檬水的操作更加简单，技术要求极低：只要把一个青柠檬放置在专用压汁工具凹槽中，稍微用力合拢手柄，汁水即出，再加上白糖和冰水，一杯柠檬水便告完成。在普遍湿热的哀牢山以南以西地区，例如西双版纳、德宏以及腾冲，即便因为炎热而缺乏胃口，酸甜适度清新爽口的柠檬水当前，往往也会怦然心动。以我为例，在那一带活动期间，只要遇见柠檬水摊点，一定会去要上一杯，以求身心两畅。

依赖哀牢山阻挡冷空气挽留暖湿气流，即便同纬度、同海拔，哀牢山以南以西地区，比起以北以东，通常要温暖湿润不少，植被状况明显不同，当然也是云南柠檬的主要分布地带。云南出产的柠檬，有人也叫作缅柠檬，小巧浑圆色相青绿，与橄榄球形状的意大利黄色柠檬小异其趣。这种略有苦涩味道的柠檬，用来对付湿热，显然不是一般的合适。

图书在版编目（CIP）数据

绿了芭蕉红了花 / 敢于胡乱著. — 长沙 : 湖南科学技术出版社, 2018.9

ISBN 978-7-5357-9902-9

Ⅰ. ①绿… Ⅱ. ①敢… Ⅲ. ①散文集—中国—当代 Ⅳ. ①I267

中国版本图书馆CIP数据核字（2018）第191324号

LÜ LE BAJIAO HONG LE HUA

绿了芭蕉红了花

著　　者：敢于胡乱
策划推广：北京全景地理书业有限公司
出 品 人：陈沂欢
策 划 人：王瑞智
策划编辑：马晓茹
责任编辑：李文瑶
特约编辑：程忆南　李　佳
装帧设计：王喜华
制　　版：北京书情文化发展有限公司
出版发行：湖南科学技术出版社
地　　址：长沙市湘雅路276号
http://www.hnstp.com
湖南科学技术出版社天猫旗舰店网址：
http://hnkjcbs.tmall.com
邮购联系：本社直销科0731-84375808
印　　刷：北京中科印刷有限公司
版　　次：2018年9月第1版
印　　次：2018年9月第1次印刷
开　　本：787mm×1092mm 1/32
印　　张：9.5
字　　数：150千字
广告经营许可证：京朝工商广字第8087号
书　　号：ISBN 978-7-5357-9902-9
定　　价：58.00 元